イヤモンド

水上ルイ

幻冬舎ルチル文庫

CONTENTS ✦目次✦

彼とダイヤモンド

✦イラスト・吹山りこ

✦カバーデザイン＝高津深春（CoCo.Design）
✦ブックデザイン＝まるか工房

彼とダイヤモンド

1・Saturday

「……今朝はこれぐらいにしてあげよう、篠原《しのはら》君」

朝の仕上げに優しいキスをして、黒川《くろかわ》チーフが囁《ささや》く。

「……これ以上のことって、あるんですか？」

その胸に抱かれたまま、僕は息も絶え絶えだ。

彼のマンションの部屋のロフトには、キングサイズのベッド。

朝の日差しに乱れたシーツの白が反射して、まぶしさと恥ずかしさで、僕は目もあけられない。

「僕、休日出勤で銀座の本店の方に行くんですけど……過労で倒れたら責任とってくれますか？」

精いっぱい睨んでやってから、彼の腕をすり抜けて、シャワーに向かおうと床に足をおろす……けど、さっきまでの余韻《よいん》で全然腰がたたない……一歩も歩けずに、フローリングに座り込む。

助けを求めて見上げると、イタリア人モデルみたいにハンサムな顔が笑いながら覗《のぞ》きこんでくる。

裸の上にバスローブをはおると、僕の身体《からだ》をすくいあげるようにして軽々と抱き上げる。

「責任なら、いくらでもとってあげるよ。プロポーズでもして欲しい？」

僕を抱いたままでロフトからのステップを下りながら、彼が言う。

彼の部屋の窓は吹き抜けの全面ガラス張り。いっぱいに広がる、日差しを反射して輝く東京湾。そしてレインボーブリッジ。今日は土曜日。休日出勤さえなければ、これを眺《なが》めながら彼と一日のんびりできるんだけどね。だけど、こんなさわやかな朝に、こんなコトしてていいのかな？

僕は苦笑いして、彼のたくましい肩に腕をまわす。

「プロポーズなら、ダイヤモンドを持って来てからです。大きさは一キャラット以上。ランクはDカラーのフローレス、カットはエクセレント。高いですよ」

彼が笑いながら、朝のおまけのキスをして、

「君のためなら安いものだよ、晶也《あきや》」


僕の名前は、篠原晶也。入社二年目の、まだまだ下《した》っ端《ぱ》の社会人。

イタリア系宝飾品メーカー『ガヴァエッリ』のジュエリーデザイナーだ。

先月から僕の恋人になってしまった、彼の名前は、黒川雅樹《まさき》。二十八歳。もちろん独身。

僕の上司で、ジュエリーデザイナー室でチーフをしている。入社はイタリア本社デザイナー室。

しかも、そこでは副社長のサブチーフまでやっていたという……はっきりいってエリートだ。

日本支社に異動してきた彼と、僕がまさかこんな関係になるとは……人生って予想がつかない。

しかし新婚さん状態で……こうして座っているだけで、腰がつらい。

「篠原さん」

優雅さの中に厳《きび》しさを隠した声が響いて、僕はあわてて姿勢をただす。銀座本店の副支配人、森永《もりなが》さんだ。一見、品の良い奥様風だけど、鋭い視線と背筋《せすじ》の伸びた姿勢は、販売員さん特有だ。

「そんな疲《つか》れた様子では、せっかくの美青年がだいなしです。デザイナー室のことは知りませんが、お店にいる限りは、いつお客様がいらしても恥ずかしくないような姿勢をお願いします」

「……失礼いたしました」

僕は深々と頭を下げる。あーあ、怒られちゃった。

僕は、いつもは日本支社のオフィスで仕事をしている。今日の仕事は、特殊《とくしゅ》なんだよね。

ガヴァエッリの銀座店にはオーダーメイドのコーナーがあって、デザイナー用のデスクが備《そな》え付けてある。大理石張りに円柱のそびえたつ、王宮のような内装にぴったりの重厚なやつが。

ここで、お客様の注文を聞きつつ、ラフデザインを描いていく。

でも、完全予約制のローマ本店とまではいかなくても、ここで売られている商品の単価は相当高い。しかもオーダーとなったら、更《さら》に上乗せされる。オーダーをするようなスーパーリッチはそんなにいるわけじゃないんだ。だからオーダーしたい時には、予約をいれてもらう。ついでにデザインブックからデザイナーを指名できる。まあ、実力からいっても、黒川チーフにご指名がくることが、ほとんどなんだけど、僕はここに座るのは、初めて。これは、まぐれってやつだな。

「篠原さん？」

また呼ばれる。今度は何だ？

見上げると、そこには二十歳前後の、ヘップバーンみたいな美少女。長いまつげに囲まれた大きな目。つんとした口元。すごく生意気《なまいき》そうだけど、なかなかお目にかかれないような美人だ。

突然のことにあっけにとられていると、彼女の綺麗《きれい》な眉《まゆ》がキリキリとつり上がる。

「座ってもよろしいかしら？　それともお邪魔？」

僕は慌《あわ》てて立ち上がって彼女の後ろにまわり、椅子《いす》を引く。慣《な》れたタイミングで、彼女が座る。

遠くのほうで、副支配人がにらんでる。ああ……僕は慌てて顧客リストで名前を確認して、

「オーダーのご予約をなさった……高宮《たかみや》しのぶ様ですね。失礼いたしました」

「今、謝《あやま》ることはないのよ、篠原さん」

高宮さんのフューシャピンクの唇が、微《かす》かな笑いを浮かべる。

「いいデザインに仕上がらなかった時に、初めて謝ってもらうから」

うわ。失神しそう。彼女は、バッグの中から小さい革の袋を取り出して、口を広げる。

「あなたに、わたしの婚約指輪のデザインを頼みたいの。ダイヤモンドは、これで」

差し出した白ビロードの商品盆《ぼん》に、朝露のような光が転がり落ち、僕は息を飲む。

大きさは、一キャラットはある。僕に鑑定士の資格はないけれど、それでもこのダイヤが普通のランクでないことはわかる。本当にグレードの高い石は、不思議なオーラを発している。

長い長い時を越えて、なにかの奇跡が結晶したような……あまりにも美しい、純粋な光の宝石。

「す……すごい……こんな綺麗なダイヤモンドを使ってデザインするのは……僕、はじめてです……」

興奮して見上げる僕に、彼女は満足げに微笑《ほほえ》んで、鑑定書を差し出す。

「ランクは最高よ。この石に恥じないようなデザインをするように、努力してちょうだい」

だけど僕の努力は実《みの》らなかった。彼女は、何の注文もつけずに黙ったまま僕にラフを描かせ、（後で時計を見たら四時間も！）黙ったまま首を横に振り続けたあげく、こう言って席を立った。

「あなたのセンスって、この程度だったの？　今日はダメね。明日また来るわ」

支配人以下、お店の人達が気配を察して、ザザッとドアの脇《わき》に整列する。

支配人が、シルバーフォックスの襟《えり》のついた真っ白なコートを着せかけると、彼女は、

「明日の予約もお願いね。明日こそ、時間を無駄にしないですむといいんだけど」

冷淡に言って、振り向きもせずドアを出て行く。十二月の銀座の街に消えて行くその後ろ姿はまるで雪の精みたいに綺麗だった。でもそれを見送るためにお店の人と一緒に頭を下げながら、僕は、なんだかすごくナサケナイ気持ちで……お金持ちなんか嫌いだー！　……と思っていた。

「ご苦労様でした」

支配人の村上《むらかみ》さんが話しかけてくる。真っ白な髪で、制服のイタリアンスーツがよく似合う、品の良い執事《バトラー》みたいな感じの人だ。

「いいえ。僕の力が足りなくて……また明日もお邪魔します」

僕が言うと、村上支配人は微笑みを浮かべ、

「篠原さんの力不足ではありません。お客様にとっては一生物ですから。ご満足いただけるまで尽くすのが、わたしたちの仕事です」

素晴らしい。販売員さんの鑑《かがみ》だなー。僕が深くうなずいていると、

「あら！　黒川チーフ！」

らしくない、森永副支配人のはしゃいだ声。

「お疲れ様です」

よく響く低い声。振り向くと、黒いコートを腕にかけて歩いて来る、背の高いスマートな人影。

自前のイタリアンスーツを厚い胸で着こなして、趣味のいいネクタイ、長い脚、とどめにそのハンサムな顔には人好きのする笑顔。森永副支配人だけじゃなく、社内の女の人にすごく人気があるのも納得できる。こんな人の恋人が、まさか男の僕だなんて……とても信じられないよね。

「く……黒川チーフ……」

赤面して慌ててる僕にちょっと笑いかけた彼が、村上支配人に向かって、

「お疲れ様です。ご予約のお客様は？」

「今、お帰りになりました」

「では、うちの篠原をお借りしてよろしいでしょうか？」

は？　と思って呆然《ぼうぜん》としている僕に向かって、

「急ぎの仕事が入った。今から、デザイナー室の方に出勤してくれないか？」

がーん！　今日は厄日《やくび》？　デザイナー室の全員が休日出勤するなんて、そうとう急ぎの仕事だ。

「今日はこのまま、お帰りになってください。明日また、よろしくお願いします」

村上支配人が言って、優しく笑う。

「はい！　お先に失礼します！」

アセって、お辞儀《じぎ》もそこそこに事務所に飛び込む。ロッカーからコートと荷物を急いでつかみ出す。

警備員さんのいる社員用の通用口から外に出ると、ドアの横で黒川チーフが待っていた。

「明日も来るって？　まさか、村上支配人とデートじゃないだろうね、晶也？」

チラッとにらんでくる顔に、つい笑ってしまう。

「支配人とじゃなくてお客様と……そうだ！　明日もオーダーの予約が入ったんです。急ぎの仕事があるのに、どうしましょう？」

「急ぎの仕事？　そんなもの、あったかな？」

その言葉に驚いて見上げると、ハンサムな顔に、いたずらっぽい笑み。僕はあきれて、

「ウソ……ですか？」

「予定の仕事がすんだなら、長居することはない。君では森永女史にイジメられそうだからね」

……ご名答。

僕らは、彼のよく行くイタリア料理屋のランチタイムに、ギリギリで飛び込んだ。

地下の小さい店だけど、スタッフもシェフもイタリア人で、お客さんも外国人が多い。良い具合にすすけて活気のある店内。厨房《ちゅうぼう》にはピザを焼く石焼き窯《がま》が見えて、チーズの焼ける香ばしい匂《にお》いが食欲を刺激する。こういう所って美味《おい》しい店が多いんだよね。ここも大当たりだ。

思いがけず彼が迎えに来てくれたし、料理は美味しいし、今日って実はラッキーな日かも。

昼間から白ワインを開けちゃって、ポルチーニ茸《だけ》のフェットチーネを食べおわる頃には、僕はすっかりご機嫌だった。我ながら単純。黒川チーフは、蟹《かに》入りのトマトソース・スパゲティーをつつきながら、散々だった仕事に関する報告を聞いている。

「……わかった。ベッドを出てからほんの数時間の間に、君は大変な目に遭《あ》っていたわけだ

ね」

僕の言葉がとぎれるのを待って、黒川チーフが笑う。

「……で？　商品は、何だったのかな？」

僕は、肝心《かんじん》の話をしていないのに気付いて、赤面する。

「あの、ダイヤモンドのリングです。ご婚約指輪のオーダーなんですけど」

「宝石《いし》は、持ち込み？」

「そうなんです。それが……」

僕は興奮して、テーブルの上に身を乗り出す。

「一キャラット、カットはエクセレント、カラーはDカラー、クラリティはフローレス。あんなに綺麗なダイヤ、僕、初めて見ました！」

僕は、銀座の本店の金庫に眠っているあの石を思い出して、うっとりする。

解説するなら、キャラットは石の重さ。カットは基準にどれだけ忠実にカットされているか。カラーは石の色でダイヤの頭文字のDが最高。クラリティっていうのは石にどれだけ不純物が含まれているかの基準で、フローレスは鑑定士が見て何の内包物も傷もありませんって意味。

要するに、あのダイヤモンドは、最高のランクに位置するってことだ。

「お金持ちは違う、って感じです。完璧《かんぺき》なランクでなくてもじゅうぶん綺麗なのに、まあ、お金持ちじゃなきゃ、ガヴァエッリで婚約指輪をオーダーしようなんて思わないですね」

僕は少し考えてから、

「愛する人のためとはいえ婚約指輪を買ってあげなきゃならないんだから、男って大変ですよね」

黒川チーフが優しい顔で僕を見つめて、クスリと笑う。

「愛する人のためならお金など惜《お》しくないのが、男というものだよ」

ドルチェとエスプレッソが運ばれてくる。カップを口に運びながら、僕は冗談めかして、

「僕もいつかは、女の子に買ってあげる立場になるのかな。……ひとごとじゃないですね」

でも本当は、僕は女の子と付き合ったことはあっても、欲望のようなものを感じたことがない。

僕が初めて欲望を感じたのは、目の前にいるこの人に対して。彼は少し強引に、僕にそれを解《わか》らせてくれた。だけど彼とこのままずっと一緒にいられるとは、僕にはまだ信じ切れていない。

彼の素晴らしさが解るにつれ、男の僕なんかがそばにいるのは、間違っているのではないかという気がしてくる。

いつか彼の前には、もっと相応《ふさわ》しい女の人が現れて、僕はまた、一人になってしまうような気がする。

その時、僕はどうなるんだろう？　彼以外の誰も愛せないまま、一人きりで生きていくんだろうか？

少し沈《しず》んだ気持ちになった僕の手に、さりげなく伸ばされた、彼の美しい指が触れる。

「晶也」

真剣な視線が、まっすぐに僕にあてられる。指先から伝わってくる、あたたかい彼の体温。

「俺は、君と離れたくない。今も、これからも、ずっと一緒だ。……いいね？」

最初、僕が感じてしまったのは、彼の美しい指にだった。

今はもう、どこを見ても感じてしまう。僕の中で、何かが熱くなる。

「……今から、それを証明してくれますか？」

「今朝以上のことを、教えて欲しい？」

彼の色気を含んだ眼差《まなざ》しに、鼓動《こどう》が速くなっていく。僕はそっと手をひく。

普通のカップルなら何時間でもこうしていられるんだろうけど……男同士の僕らにはこれくらいが限界。

だけど、ふたりだけの所なら……。

「……今朝以上のことを、教えて欲しいんです」

僕のかすれた声を聞くと同時に、彼が立ち上がった。

……プルル……。

彼の携帯電話だ。あからさまにムッとした顔の黒川チーフに、つい笑ってしまう。

「せっかく、いいところだったのに。……少しだけ待ってくれ。どんな用事でも断る」

怒った声で彼が言って、もう一度座りなおすと、通話スイッチをオンにする。

「はい、黒川です。……え？」

黒川チーフが、驚いたような声を出す。

「ええっ？　……今、どこにいるんです？」


やっぱり今日は、厄日かも。あの電話の後、黒川チーフは妙に慌てた様子で、

「……イタリアから、母が来た……」

そう言い残して、支払いもそこそこに、僕をおいて愛車のマスタングで走り去ったんだ。

なーにがずっと一緒、だ！　信じらんない！

黒川チーフのご両親はイタリア在住で、お父さんは有名な建築家らしい。黒川チーフも東京芸大の美術学部を出た後、イタリアにいた。半年前に日本支社に来るまでは。イタリア男はお母さんに頭が上がらないっていうけれど、彼もその影響を受けているんだろうか？　そう思うと、ちょっと笑える。

丸ノ内線を降りて、そのまま自分のアパートに帰るのも虚《むな》しいので、僕は中央線に乗り換

える。

　せっかくの休みなんだから、悠太郎《ゆうたろう》の所にでも遊びに行こう。

「悠太郎ー、いるー？」

　スチールのドアを叩《たた》く。西荻窪《にしおぎくぼ》の駅から徒歩五分。僕のアパートより二万円ほど家賃の高い、こぎれいなワンルームマンションだ。

「……だーれー？　あきやー……？」

　寝ぼけた声。開いたドアから覗いた顔は、どう見ても起きたばかりだ。僕はあきれて、

「もう、夕方だよ。僕は一仕事、終えて来たっていうのに」

「デザイナー室のメンバーでカラオケに行ったら、全然終わんなくてさー。帰ってきたの、朝の九時」

　僕を部屋に入れてくれて、バスルームに消える。

　彼の名前は、森《もり》悠太郎。僕の同期で、美大の頃からつるんでる悪友。ちなみに我がデザイナー室の、独身でチーフクラス以外のメンバーは、終業後しょっちゅう朝まで遊んでいる。僕も今日の休日出勤さえなければ、悠太郎と同じ運命をたどっていただろう。

　廊下から引き戸を開けると、中は八畳の洋間。フローリングにスチールベッドが置いてある。普通のワンルームに比べれば広い方だけど、製図机と資料用の本棚《ほんだな》、妙に立派なオーディオセットで部屋はいっぱいだ。しかも、仕事の資料やらスケッチやらが、部屋中に散らか

ってる。

「もう。仕事をやりかけのまま、遊びに行ったな。ラフスケッチの紙が、汚れたらどうするんだよ」

僕は仕方なく片付けを始める。僕が悠太郎の部屋に来たり、反対に彼がここから電車で一駅、自転車で二十分の僕の部屋に来たりするのは、大学時代からしょっちゅうのことだ。最近は、黒川チーフの部屋に泊まることが多くて、ここに来るのは久しぶりだけど。

「あきやああ！」

シャワーから出て来た悠太郎が、ふざけて背中から抱きついて、頭をぐりぐり擦《す》り寄せてくる。

「いいなあ、恋人同士みたい。この片付けをする後ろ姿が、たまんないんだよ」

「髪がビショビショだよ。くっつかないで。お店用に着た、一番高いスーツなんだから」

僕は笑って、悠太郎の頭を押しのける。

「ちょっとくらい、いいじゃんかー。最近あんまり来ないし、冷たいんじゃないのー？」

むくれて髪を拭《ふ》いている悠太郎に、紙袋を差し出して、

「おみやげ。『がちまい屋』のマフィン。いらない？」

「ありがとうございます～。すぐにお茶をいれます～」

急に態度を変えて、ボクサーショーツ一枚でキッチンに走り去る。僕はゲイになってしま

ったんだけど、悠太郎のこういう姿を見ても何とも思わない。黒川雅樹以外の、ほかのどんな男でも。

「ねえねえ、オレって、ジャニーズ系の美形だろ？　今夜だけオレと浮気したいと思わない？」

紅茶のカップを持ってポーズをとってる彼に、だから素直に笑ってしまう。

「やだ。ぜーんぜん興味ない」

「信じらんない！　そんな綺麗な顔して、おまえ、やっぱり冷たいぜー！」

モテそうな顔だちと、みかけによらない頼りになるタイプの九州男児だから、悠太郎はけっこう女の子に人気がある。なのに面倒見がいいから、彼女も作らずに僕の心配ばっかりしている。

悠太郎は、ジーンズに脚を突っ込みながら、

「黒川チーフは、晶也のこと、ちゃんと大事にしてる？」

冗談っぽく言うけど、目は真面目だ。彼は、僕と黒川チーフの関係を知っている、唯一の人間なんだ。

そして、心配してくれている。普通の人が歩まない道を歩きだした、僕のことを。

「大事にしてる！　今日もランチをおごってもらったんだ。すごく美味しいイタリアン・レストランで」

わざと茶化《ちゃか》して言うと、飛びかかって来て、僕の頭をげんこつでグイグイやる。

「のろけてんじゃねーぞ！　チクショー！　こら、吐《は》けー！」

「痛い。でも、電話がかかってきて、見捨てられたんだよ」

「なに、それ？」

「イタリアからお母さんが来たんだって。アセってた。彼女を一人で歩かせるわけにはいかないって。すごいお嬢様育ちで、一人では電車にも乗れないらしいんだよね」

僕らは、同時に吹き出した。悠太郎が、笑いながら、

「あのクール・アンド・ハンサムの黒川チーフが、お母さん連れて歩いてるのって、想像すると笑える！」

「黒川チーフのお母さんって、どんな人かな？」

悠太郎が、にやにやしながら、

「ああいう美形のお母さんって、案外、スゴい場合が多いぜー！　しかもイタリア在住なんだろ？」

「イタリアの肝っ玉母さん！　みたいな？」

悠太郎は、大きくうなずいて、

「そう、そう。こーんなに太ってて。あ、九州にいるオレの母ちゃんが浮かんできたぞ。こわいー」

マフィンを頰張《ほおば》りながら、悠太郎が妙に嬉《うれ》しそうに言う。

「でも、母が来たっていうのも、いい手かもなー」

「……？　どういうこと？」

「浮気だよ、浮気。昔の恋人かなんかが来ちゃったりして、しばらく泊めて、なーんて！」

にやりと笑って、僕の反応を見る。さっきノロケた仕返しだな。

「ふうん？　関係ないよ」

「またまたあ。しばらく部屋に来るな、なんて言われたら、アブナイぜー！」

「いいよ。彼がするなら、僕だって浮気してやるもんね」

悠太郎が笑いながら、僕に抱きついてくる。

「賛成！　あいつが浮気した時は、オレと浮気しようぜ！　決まり！」

僕の頭をグイグイ抱きしめる。僕はもがきながら、

「決まり、じゃないよ！」

「決まったんだよ！　黒川チーフにも、ちゃんと言っとけよ！」


その夜は、悠太郎が西荻窪の穴場の小料理屋さんに連れて行ってくれた。結構おいしい料理をつまみに、吟醸酒《ぎんじょうしゅ》をワリカンで飲んだ。

たまにはこんな夜もいいよね、と思いつつ、借りてきたビデオを見ている時に、電話が鳴った。

「はい、篠原です」

『晶也？　……俺だ』

黒川チーフの声だ。いつものおやすみコールかな、と思って気付く。

部屋から電話しているのには違いないようだけど、なんだかいつもと感じが違う。

バックにクラシックが流れている。女声のオペラ。きれいな曲だけど彼の趣味じゃない。

『もうおやすみ。明日も店だろう？』

BGMは微かだ。彼はリビングの電話じゃなくて、廊下から携帯電話でかけているみたいな雰囲気だ。

「はい……あの……」

言いかけてやめる。部屋に来ているのは本当にお母さんなんですか、なんて聞けないよ。

『……ん？』

優しい声。彼が、僕にウソをつくわけがないじゃないか。

「いえ、あの、明日の仕事のことが、ちょっと心配で」

本当は忘れていた。でも心配なのは確かだ。

彼は、少し笑って、

『彼女の話を聞くことだ。どんなものが好きか、ほかにどんなジュエリーを持っているか、普段の生活習慣はどうか。婚約指輪は宝石箱にしまっておくものじゃない。身に着けるものだからね』

あ、そうか。彼女といた四時間、話を聞くこともせずに、僕はラフスケッチを描き続けてしまったんだ。婚約指輪ならこんなデザインでいいだろう、という思い込みだけで。

「そうですよね。……ああ、そうかあ」

きっと彼女には彼女の、婚約のスタイルも結婚生活のスタイルもある。

それによって、指輪だって変わってくるはずなんだ。

「わかりました。明日、がんばってみます」

『そう。大変だろうけれど、がんばってくれ。それから……』

僕はいつもの、愛している、おやすみ、という言葉を待つ。でも彼は、

『しばらくは、部屋に呼べないかもしれない。また電話する。おやすみ』

事務的な早口で言って、慌てたように電話が切れる。

だけど、僕は聞き逃《のが》さなかった。電話が切れる直前、微かに、彼の名前を呼ぶ声が聞こえたことを。

聞き覚えがあるような、そしてどう考えてもお母さんにしては若過ぎる……女の人の声が。

彼を信じている。……だけど……僕は急に、一人でいることが不安になってしまう。

2・Sunday

昨日とぴったり同じ時間に、彼女、高宮しのぶはタクシーからおり立った。

僕は、昨日みたいにぼんやり座ってはいなかった。きちんとドアの前で彼女を待っていた。

ドアマンが、強化ガラスに金色の装飾のある扉を開けると同時に、頭を下げる。

「お待ちしておりました」

彼女は、少し驚いたように一瞬立ち止まる。

僕は、彼女の靴《くつ》をすばやく確認。上等そうな革の白いパンプス。金具は金だ。

「今朝は、良いお天気ですね」

快晴で空気の乾いた、今朝はまさに日本晴れってやつだ。

笑いかけると、彼女はその長いまつげに囲まれた大きい目を丸くして、

「そうね。ねえ、わたしのダイヤモンドは、よく眠れたかしら？」

ちょっと、綺麗な唇の端を上げて笑う。

僕は、この顔をよく見るなあ、と思っていた。

一見、いじわるで生意気な笑みに見えるけれど、なにかを問いかけているようにも見える。

私の考えていることが、あなたに解る？　っていっているような。

「あなたと離れて、寂《さび》しがっていました。でも金庫もお気に召《め》したようで、今朝も綺麗ですよ」

コートを受け取りながら言うと、彼女が振り向いて、えくぼを見せて笑う。あきらかにさっきの笑みとは違う。あなたとは気が合いそうだわ、とでもいうような。

でも、彼女はすぐに仏頂面《ぶっちょうづら》に戻って、さっさとオーダーデスクに向かう。

そして、またもや僕に椅子を引かせて座る。

助けに来てくれた村上支配人にコートを渡しながら、今日も白だな、と思った。そういえば、靴もバッグも昨日とは違うけどやっぱり白。全身のバランスを考えて綺麗に着こなしている。

僕は、支配人に金庫の鍵《かぎ》を開けてもらう。ワインセラーに似たそこの棚には、高価な宝飾品と並んで、彼女のダイヤも眠っていた。うん。今朝もやっぱり綺麗だ。

商品盆にのせてオーダーデスクに置くと、彼女の顔がほころぶ。やっぱりお気にいりなんだな。

「高宮様は、ほかにはどのようなタイプの宝飾品をお持ちですか？」

まずはリサーチだ。彼女の指には一つも指輪がはめられていない。お嬢様っぽいオフホワイトのミニスーツは、襟の詰まったデザインだから、首にも何もない。細い手首には高級そうで華奢《きゃしゃ》な金色の時計。金の細めのチェーンにダイヤが下がっているブレスレットが、それに絡《から》んでいる。

耳には、金の爪《つめ》で留《と》めたダイヤのピアス。それだけだ。

普通のお客様は、威圧《いあつ》するようにあらゆるものを着けて来るのに。

彼女は口の端で笑って、バッグの中から白いスエードの小型のアルバムを取り出す。

「本物をお見せした方がいいんだろうけど、ダイヤで手いっぱいだったから写真で持って来たの」

彼女はちゃんと用意してきていたんだ。さっと昨日も。それを僕は聞きもしないでラフに熱中して、OKを出さない彼女に腹をたてていたんだ。うう。プロとして恥ずかしい。

「ああ……いいですね」

アルバムを開いた僕は呟《つぶや》いた。あんまり写真はうまくないけど、一生懸命撮って、綺麗に整理してある。こんなふうに大事にしてもらったら、宝石も本望《ほんもう》だろう。

しかもオーダーのために、ちゃんと資料になる物を用意してくるなんて、この人は、やっぱりすごくこだわっている。

こんな人が指名してくれたんだ。僕も頑張らなきゃいけない。

彼女のコレクションは、焼き増ししてもらいたいほどの、いい商品ばかりだった。

ヴァン クリーフ・アンド・アーペルのカボッションカットのルビーのリング。ジョーメのエメラルドのネックレスとピアスのセット。ブチェラッティのレース細工《ざいく》みたいな金のリ

ング。ほかにもたくさんの宝飾品。どれも趣味がいい。そして、

「これは、ミキモトのアンティークですね」

プラチナに珊瑚《さんご》をはめ込んだ、アールデコスタイル。真ん中にあるパールは相当大きい。帯止《おびどめ》だな。普段から、着物なんかも着るのかな？

「これはね、お祖母《ばあ》様からいただいたの」

彼女の顔つきが違う。なんというか、猫好きの人が愛猫の写真を見ているような。

「お色直しで着物も着るの。その時着けるのよ」

ああ、この人は宝石が好きなんだ。

そして愛する人のところに、この宝石と一緒に嫁《とつ》いでいくんだ。……なんて幸せそうなんだろう。

「このアルバムに載せるのにふさわしい、ご婚約指輪をデザインしましょう。でも、僕が一人でするわけではありません」

彼女が、驚いたように目を上げる。

「僕とあなたとで、です」

また、えくぼの浮かぶ笑み。彼女は、それからはよく話した。

きのう、黙って首を横に振っていた人とは、別人みたいだ。

どうやら、ダイヤの婚約指輪ならプラチナの立爪、飾り石はなし、と決めつける僕にちょ

っとムッとしていたらしい。

本当は自分の欲しい物は違うのに、プロなのにどうしてそこを聞いてくれないんだ、と。

「ランクの高いダイヤには、普通、金の地金を合わせないのはわかってる。だけど、ゴールドがいいの」

ランクの高いダイヤは、プラチナにセットされるのが普通だ。ゴールドの石座にセットすると金色を反射してせっかくの無色がもったいない、という理由で。僕は、綺麗だと思うんだけど。

「手がね」

僕に手の甲を向けて見せる。少し節《ふし》の目立つ真っ白で華奢な指。爪は透明のマニキュアが塗《ぬ》られて、短く切りそろえられている。ピアノかなにか弾くみたいだな。指の形が音楽家っぽい。

「プラチナが似合わないのよ。地味になるの。それでも婚約指輪ならプラチナじゃなきゃ変？」

ダイヤの持ち主も、出来上がった指輪を着けるのも、彼女なんだ。常識なんかを気にするより彼女に一番似合うもの、彼女が一番喜んでくれるものを美しくデザインする。それが僕の仕事だ。

「僕は変だとは思いません。あなたには、金のほうが似合うし、今は、ご婚約指輪がただの象徴《しょうちょう》であった時代とは違います。象徴にこだわるかたもいらっしゃいますが、そうでなければ……」

「そうでしょう？」

彼女が身を乗り出す。肩の下くらいで大きくカールさせた、茶色がかった髪が揺れる。

「お母様もお祖母様も、象徴にこだわってる。結婚に、正しいも正しくないも、ないのに」

僕は、黙って彼女の声を聞いていた。普段押し殺すような話し方をしていたので解らなかったけれど、とてもよく通る綺麗な声をしている。

彼女は、僕の目をまっすぐ見つめながら、

「わたしは、世間の常識に流されるのはイヤだわ。自分に似合うもの、自分が好きな人を選ぶのよ」

僕はうなずいた。彼女は結婚に反対されていたんだろうか？　でも、誰が何と言おうと変えられない気持ちってきっとある。雅樹を好きになってから、僕はそれを、本気で実感してしまった。

「わかります。自分の気持ちに忠実に選ぶべきだと思います。指輪も相手も、そして生きる道も」

しまった。力を込めて言ってしまった。つい自分とダブってしまったんだ。

僕が大声を出したので、近くでケースを拭いていた販売員の女の子が、ビクリと驚いている。

ほかのお客様に応対していた森永副支配人が、血管がキレそうな顔で睨む。

「あ……失礼いたしました……」

遠くに向かって頭を下げている僕のすぐそばで、ものすごくかわいい笑い声。

信じられないけど、彼女、高宮しのぶの笑い声だった。


そこから先は、とんとん拍子《びょうし》だった。

高宮さんの頭の中には、大体のイメージがあった。それを聞きながら、僕がラフを広げていく。

お店にはデザインの資料が少なくて、彼女くらい興味のある人じゃないと、こうスムーズにはいかないだろう。お店に、もっときちんとしたデザイン資料を置けたら、能率的なんだけど。

それに、正確な値段の見積りも、出来上がってみないと解らない。彼女くらいのお金持ちじゃないと、こわくてとてもオーダーなんかできないだろう。このへんは、けっこう問題だよね。

彼女のためのデザインは、ダイヤの横からも光が入って、美しい輝きが出るような高めの割り爪。

「全体の形が柔らかくなるように、リングの腕もこういうふうに上げて……」

僕はリングの正面図をスケッチする。指の入る穴は真円だけど、全体のラインは卵形に近い。

「脇石はスクエアカットのダイヤをレール留めにして……」

脇石が欲しい、でもリングの腕の部分に爪を立てるのはいやだという彼女のために、レール留めだ。これなら腕の中に石がうめこまれた形になるので、全体の形をシンプルに保《たも》てる。スクエアカットのダイヤのランクが揃《そろ》うかが心配だけど、彼女は脇石のランクにまではこだわらないと言ってくれた。もちろん中石に負けない、綺麗なものを探すつもりだけど。

彼女のイメージにあうような、シンプルで柔らかなラインに整えて、

「こんな感じで、いかがですか？」

クロッキー帳を高宮さんのほうに向けて見せると、彼女は白い頬を少女のように紅潮《こうちょう》させて、

「ああ……これ、わたしのだわ。わたしが欲しかったのは、こんなのだわ」

デザイン画と僕の顔を交互に見て、輝くような顔でにっこり笑う。

「篠原さん、わたし、嬉しい」

僕は、高宮しのぶにノックアウト状態だった。

もちろん異性としての興味はまったくない。なんというか、同志を見るような感じ。

言葉の端々から察するに、彼女はだいぶ反対されたらしいけど、恋を見事に貫《つらぬ》いた。

彼女はまだ、二十一歳だった。ご両親が心配するのも無理はないけれど、彼女なら幸せになるだろう。あんな美人にあんなに想《おも》われている男性も、きっと幸せだよね。

「僕は、どうなるのかな」

僕は、美大生の頃から東京で一人暮らしをしているけれど、千葉には両親と兄が一人、健在だ。

うちはまったくの庶民で、家柄《いえがら》なんてないし、親ものんきな人々だけど、それでも息子がゲイだと知ったら、たいへんな騒ぎになるだろう。雅樹だって何を言われるかわからない。

「……しばらくは、秘密かな……」


あのあと、高宮さんは明日の予約をまたもや取り付けて帰って行った。

出来上がったデザイン画をイタリアの職人さんに送る前に、一度見たいんだそうだ。

村上支配人は早めに帰してくれたけれど、新宿で画材を買い込んでいたら遅くなってしまった。

駅の階段を上りながら、僕は自分の安物のコートの襟をかきあわせる。

もう外は真っ暗。震えて歯の根が合わないほど寒い。ついたため息が白く見える。

おまけに、朝はあんなに晴れていたくせに、今は、雪混じりの雨が降りだしている。

傘《かさ》がない。ビニール傘を買う残金もない。部屋につく頃には、風邪は確実かな。……あーあ……。

ふと目の端にはいる、メタリックシルバーの車。駅から少し離れたところに路上駐車している。

黒い幌《ほろ》のある、マスタングのコンバーチブル。黒川チーフのものと同じ車だ。

彼の顔を思い出すだけで、胸が苦しくなる。

もし、彼が迎えに来てくれたんだとしたら、どんなに嬉しいだろう。

車のドアを開けて、あのセクシーな目で僕に微笑んでくれたとしたら。

何だか急に、無性に彼に会いたくなってしまう。

だけど、そんなのは無理だ。彼は、今頃はお母さんと一緒のはず。

……でなければ、もしかしたら……お母さんではない、誰か別の女性《ひと》と。

僕は、あのときの若い女の人の声を思い出して、その考えをあわてて否定する。

ほんの微かに聞こえただけだ。それに声が若いお母さんだって、いくらもいるじゃないか。

その車が、ゆっくりとこっちに動きだす。

雨に中に踏み出した、僕の行く手をさえぎる。車のウインドウが開いて、苦笑したような声が、

「せっかく迎えに来たのに。君は、見回すことさえもしてくれないんだね」

車の中から覗いたのは、見慣れたハンサムな顔。

……黒川チーフ……なんだか信じられない。

赤面したまま、凍りそうな雨に濡《ぬ》れている僕のために、中からドアを開けてくれて、

「風邪をひく。早く乗って。でもどうしても濡れたければ、つきあうよ。車の幌を開ける？」

白い歯を見せて笑ってくれる。僕はドキドキしながら助手席に滑り込む。車の中はとてもあたたかい。

「あの……お母さんは……？」

黒川チーフは、まだ少し震えている僕に乾いたタオルを差し出しながら、肩をすくめて、

「銀河劇場に放《ほう》りこんできた。第一ホテルの東京シーフォートに部屋を取ってある。彼女も、さすがにあそこまでなら帰れるだろう」

銀河劇場っていうのは、黒川チーフの住んでるマンションの建っている天王洲《てんのうず》にある音楽ホールだ。ちなみに第一ホテルは、その隣。

なんでもすごい方向オンチで、電車に一人で乗せるのも危ないそうだ。

「なんだか、微笑ましいお母さんですね」

タオルで髪を拭きながら僕が笑うと、彼はそれどころじゃないという顔で、

「わがままで困る。それに、夜も遊びに付き合わされるから、晶也を部屋に呼べない」

運転しながら、濡れて冷えきっている僕の手をとる。

「あのとき、教えて欲しいって言ったね？」

手の甲に、あたたかい彼の唇がそっと触れる。僕の体温が、そこからゆっくりと上昇していく。

「……教えてあげよう。今夜は泊めてくれる？」

ああ、断れるわけがない。その低い声だけで、僕は、もう……。


「……んんっ……！」

僕は唇をかんで、声を押し殺す。彼の豪華マンションと違って、僕のアパートには、防音設備なんてないんだ。

彼は部屋に入るなり、僕を抱き上げて寝室に運んだ。僕をベッドにおろしてから、ふと気付いたようにポケットをさぐって、携帯電話をクロゼットに放りこんだ。

そして、濡れてしまった服を脱がせながら、僕をゆっくりとベッドに押し倒した。

「……いつもは、デザイナー室のメンバーを呼んで、大声で騒いでいるくせに……」

セクシーな声が耳元で囁く。そのまま耳たぶを軽く嚙《か》まれ、僕の全身に甘い震えが走る。

「……ア……それは、ほかの部屋もやっててお互い様で……」

「……じゃあ……これは？」

「……アア…ン…だめ……雅樹……」

僕の閉じた目から涙がつたう。雅樹は全身で、確実に僕の弱点を攻めてくる。僕が声を我慢するのがやっとなのを知っていて、こんなことまでするなんて……彼は、本当にいじわるだ。

電気を消したままの部屋は薄闇《うすやみ》に沈んで、強い雨の音と、二人分の吐息だけが響く。

触れ合った指と、唇と、皮膚《ひふ》と、そしてそこから、僕の身体は熱くなり、彼に溶けこんでいく。

そして僕は、息を殺したままでのけぞって、また新しいことを彼に教えられてしまう。

……ああ、彼とすることはみんな、どうしてこんなに気持ちいいんだろう……

「愛してる、晶也。新しいことは、覚えられた？」

ぐったりとベッドに埋もれている僕の顔を、雅樹が笑いながら覗きこむ。僕は朦朧《もうろう》としながら、

「お……覚えたも何も……」

息も絶え絶えになるほど全身に刻みこまれて、忘れられるわけがない。

僕の唇に、優しいキスがおりてきて、

「愛してるって言わないと、復習するよ」

「あ、愛してます！　じゅうぶんわかりました！　もう完璧です！」

僕はあわてて叫ぶ。これ以上されたら、エンドルフィンの出過ぎでオカシクなっちゃうよ。

「覚えました！　深さも、角度も、大きさも！」

うっ！　あわてて口を押さえる僕を見て、雅樹が爆笑している。

脱力してグッタリしている僕を、力強い腕で抱き上げて、シャワールームに運びながら、

「けっこうスゴいことを言うようになったね、晶也。誰がこんなにしてしまったんだろう？」

……あなたですよ……。


「オリーブオイルを出してくれるかな？」

パスタを茹《ゆ》でている鍋《なべ》の火加減を見ながら、雅樹が言う。

僕の部屋は二Kで、玄関をはいったところに簡単なキッチン。正面にリビングにしてる六畳の和室。そこから襖《ふすま》を開けたところが六畳の寝室で、ベッドが置いてある。

彼の豪華マンションとは似ても似つかない、学生の頃から住んでいるアパートだ。

普段の僕は、台所になんかほとんど立たない。だから冷蔵庫の中身は、ミネラルウォーターくらい。

オリーブオイルだの、スパイスだの、パスタだのも、彼が差し入れてくれた。

僕は、彼が持ってきた紀ノ国屋《きのくにや》の紙袋をガサガサやりながら、

「センセー、あとは？」

「ガーリック、鷹《たか》の爪、バジリコ」

「オッケーです。お手伝いすることは？」

彼は、僕の顔をじっと見て、

「トマトを洗って……切れるかな？」

「切れますよ、それくらい」

この間、じゃがいもの皮をむいていて指を切ってから、全然信用されていない。

「こうでしょう？　あ、つぶれちゃった。でも味は変わりません。かえって美しいかもしれない。ほら、アートだと思いませんか？　このカンジ」

彼の口元が笑いそうにひきつっている。

「……君のセンスにまかせるよ」

彼はデザインのセンスがいいだけじゃなくて、何事においても器用だ。まるで作品でも作

るような手際のよさで、何でもこなしていく。しかも舌が肥《こ》えてるから、作るものが美味しい。

パスタのお湯を切って、手早くアーリオ・オーリオ・エ・ペペロンチーノを作ってくれる。ドレッシングを混ぜ合わせ、モッツァレラチーズと僕の切ったトマトでサラダにする。

仕上げにフレッシュバジリコの葉っぱを散らすと、僕にサラダの皿を持たせて、

「Bravo《ブラーヴォ》！ トマトのつぶれ具合が、アーティスティックだ」

軽いキス。

僕は、リビングとは名ばかりの、こたつのある和室に運ぶ。

ほんとはソファーでも置こうと思ってたんだけど、皆がしょっちゅう来て宴会をするのにちょうどいいのと、リフォームしたとはいえ築《ちく》二十年は経《た》ってるアパートだから、オシャレにしてもムダ、という理由で保留のままだ。家具がたくさんあるのは好きじゃないからテレビとオーディオとこたつだけで、すっきりしてはいるんだけどね。

オシャレな所に住みたいと文句をいいつつ、皆がしょっちゅう遊びに来て、学生ノリでザコ寝したりできるのも、ほんとは気に入ってる。庶民の僕には、ぴったりなのさ、みたいな。

「オーダーの仕事のほうは、うまくいってる？」

フォークとパスタの皿をセットしながら、雅樹が言う。

彫りの深い顔だちと見事な体形。彼の日本人ばなれしたルックスは、全然和室に似合わな

い。

　でもなぜか、この部屋の空気には妙になじんでいる。一緒にいるのが自然なんだ。

　彼は、自分の身の回りや仕事には、すごくこだわりを持って生きてる。だけど、そういうものを人に押し付けようとしたことがない。僕を僕として、認めてくれている。長所も、短所も。

　そのへんが、一緒にいて、こんなに心地いい理由なのかもしれないな。

　僕は、グラスに、彼の持ってきたスプマンテ（発泡ワイン）を注《つ》ぎながら、

「仕事はもう、ばっちりです。彼女も話してみれば良い人みたいだし。すごく美人だし」

　雅樹の口の端が、ピクリとひきつっている。あ、もしかして妬《や》いてる？　これは面白い！

　さんざん彼女をほめて、彼がムッとするのを楽しんでから、

「彼女って結婚に反対されてたみたいなんです。でも、頑張って説得したらしくて。一生懸命に生きてるっていうか、なんか僕、感動しちゃった。……あなたと会う前に高宮さんと会ってなくてよかったたな！　……なんちゃって」

　顔をひきつらせていた雅樹が、急に真剣な声になって、

「高宮さん？　……どんな人？」

　あれ？　もしかして、知り合い？

「ルックスは……小柄な感じ。身長は僕より二十センチくらい低くて百五十センチちょっと

かな？　細身でお嬢様っぽい……名前は、高宮しのぶさんっていうんですけど」

彼の、フォークを持つ手が完全に止まった。驚いたような顔で僕を見つめて、

「……高宮しのぶ？　彼女が、晶也のオーダーのお客か？」

「そうですけど……」

「……銀座のガヴァエッリに来たのか？　君をデザイナーに指名して？」

彼の声はあわてているみたいだ。いったいどうしたっていうんだろう？

「そうです。黒川チーフのお知り合いですか？　あ！　まさか……」

僕は、身をのりだして、

「……昔のカノジョとかいうんじゃ……」

「晶也」

雅樹は、なんだか心配なことでもあるような重いため息をついて、僕から目をそらすと、

「機会をみて、正式に紹介するよ」

そして、話は終わったというようにフォークを動かして、

「残さずに食べること。君は、放っておくときちんとした物を何も食べない。心配で仕方ないよ」

笑ってから、僕をちょっとにらんで、

「それから、俺と二人きりの夜に、ほかの女性の話なんかしないこと」

「ちょっと待って。彼女はいったい……」

いきなり僕を引き寄せると、強引な唇で僕の反論を止めてしまう。

「……んん……」

強引だけど、熱いキス。それで僕は、すっかりごまかされてしまった。

あとで、この時ちゃんと問いただせば……と後悔することになるとも知らずに。

3・Monday

「出来上がりは、三ヶ月後になります。出来上がったら、すぐにご連絡をさしあげますので」

僕と、高宮しのぶさんは、オーダーデスクをはさんで向かい合っていた。彼女はお嬢様っぽい白のスーツ……は、昨日と同じ服じゃないか……彼女も外泊なんてするんだろうか？
髪も、一応きれいにまとめてはあるけれど、どこかいつもより乱れてる。

彼女は、僕の視線に気付いたのか、髪に触って、

「カーラーがなくて……今日、ひどい格好なの。いつものホテルじゃないところに泊まらされて、荷物の置いてあるマンションの部屋は締め出されるし……まったく。彼は、どこ行ったのかしら」

僕は、なんとはなしに、イヤな予感に心が騒ぐのを感じる。

彼女は、デスクの上に広げた顧客リストを覗きこんで、

「連絡先は……実家の住所になってるわね。彼の部屋の住所に変えておこうかしら？」

顧客リストにある住所は、渋谷区松濤《しょうとう》になっているけれど……彼の部屋……？

「今はイタリアに住んでるの。国際電話をさせちゃ悪いから、連絡先は雅樹のマンションに

しておくわ。彼とはどうせ家族になるんだし。宝石デザイナー室の黒川雅樹よ。あなたの上司の」

……雅樹……？

親しげに呼ばれた彼の名前に、僕は呆然とする。

………雅樹の家族になる………？

「あのう……あなたは、黒川さんの……」

どうしても我慢できずに聞いてしまった僕の声に、彼女は少し驚いたような顔をして、

「彼を知ってるの？　そうよね、あなた雅樹の職場の人だもの。知っててもおかしくないわよね」

彼女は、幸せそうにはにかんだ、とても綺麗な笑みをうかべて、

「わたし来年、黒川と結婚するの。これは、彼からもらう婚約指輪なのよ」

僕は、築地《つきじ》の、墨田川《すみだがわ》をみおろす堤防《ていぼう》の上に立っていた。銀座から晴海《はるみ》通りを来て築地の場外市場をぬけたあたりに立ち入り禁止の鎖《くさり》が張ってある。早朝ならきっと怒られただろうけど、こんな時間には誰も来ない。一人になりたい時は、よくここに来る。僕は一人になりたかった。

「こんなところにいないで、早く会社に戻らないとな……」

今日は月曜日。出勤日だから、店の仕事が終わり次第《しだい》デザイナー室に戻ると連絡をいれてある。

サボってちゃだめだ。わかってるんだけどね。でも、ちょっとくらい、いいか……。

今日は、昨夜の雨がスモッグを洗い流したみたいに、空がきれいだ。

ゆっくりと流れる墨田川も、冬の夕方の日差しをうけて金色に光って、妙にきれいに見える。

ファイルを開き、彼女の婚約指輪のデザイン画を取り出す。イラストボードに、原寸の指輪のカラーの上面図、構造図。ゆうべ、雅樹が寝た頃に起きだして、徹夜で描きあげたんだ。

カラーコピーを取って、とっておきのガンプスのカードを添《そ》えて、彼女に渡してあげた。

カードには、御婚約おめでとうございます、と書いて。

「高宮さんは、雅樹の婚約者だったんだ……これは、雅樹が彼女に贈る婚約指輪だったんだ……」

雅樹と電話で話していた夜に、後ろから聞こえてきた女性の声、あれは高宮さんだ。

お母さんが来たなんて僕に嘘《うそ》をついて、あの夜、雅樹は高宮さんと二人で部屋にいたんだ。

僕が、雅樹と初めて会ったのは、彼がまだイタリア本社勤務の頃。日本支社に視察に来た彼を一目見て、もう僕は目を離せなくなってた。七ヶ月前、彼が日本支社に異動になって来てからもずっと憧《あこが》れていた。彼が僕を好きだと言ってくれたのは、ほんの一ヶ月前。彼がイタリアに帰ると誤解した僕は、初めて自分の気持ちに気付いた。そして彼の胸に飛び込んでしまった。

もう今は、僕の何もかもが、彼のものだ。……なのに……、

「……今朝までの幸せは、全部嘘だったんだ……」

今朝だって、朝の日課のコーヒーを一緒に飲んで、キスをかわして、玄関で最後に抱き合った。

……彼のあたたかい腕の感触が、まだ身体に残っているのに……、

「捨てちゃおっかなー」

デザイン画を、墨田川の上でヒラヒラさせてみる。なんで僕が彼女の婚約指輪を描かなきゃいけないんだ。こんなの捨てちゃって、会社も辞《や》めちゃって、雅樹の顔なんてもう二度と見ない。

『わたし、黒川と結婚するのよ』

高宮しのぶさんの顔が浮かぶ。すっごく幸せそうな笑い顔。彼女には何の罪もない。彼女は、頑張って幸せになろうとしている。それを邪魔することなんて、とてもできない。

心の中で彼女に謝ってから、デザイン画を大事にしまいこむ。

「変なの。どうして悲しくないいんだろう」

僕は、呆然としたまま、公衆電話をさがしてコインを入れる。デザイナー室のナンバーを押す。

『はい、ジェエリーデザイナー室です』

すぐに相手が出る。この声は僕のいるデザインチームのチーフ、田端《たばた》さんだ。

「篠原です」

『篠原ちゃん？　もう終わった？　早く戻って来てくれよ。新しい依頼《いらい》が入ってさあ……』

「体調が悪いんで……このまま早退したいんですけど」

僕の口が勝手に、田端チーフの声をさえぎって言ってしまう。

いつもならイヤミの一つも言われるところだけど、土曜、日曜と休日出勤したせいか、彼も渋々、

『大丈夫？　具合が悪いんじゃ、しょうがないか……あ、ちょっと待って……』

電話の向こうで、何か話している気配。

『黒川チーフが代わりたいって。今、まわすから……』

彼の名前を耳にした途端、僕の手が反射的に電話を切ってしまう。

返ってきたコインを取ろうとして、指が震えているのに気付く。

……なんでもない。こんなのなんでもない……自分に言い聞かせて呟いた声も震えている。

ちょっと遊びが過ぎて、男と付き合っちゃった。そして、遊びは終わった。それだけだ。

彼には婚約者がいた。来年には結婚する。最初から、本気で誘ったわけじゃなかったんだ。男二人で幸せになれるわけがない。彼は現実を見つめて、こんなことは終わりにするんだろう。

僕も彼を見習って、現実的にならなきゃ。それだけ。ただそれだけだ。なぜ泣くんだよ。

「僕だけが、本気で好きになってたんだなあ。バカみたい。ほんとバカみたいだ」

こんな顔じゃ、銀座の街を歩けない。仕方なく錆《さ》びついたベンチに座り込む。

変だな。全然悲しくない。なのに、心臓だけが、凍り付いたみたいに冷たくなっていく。

川面《かわも》が、ゆっくりと薄闇に沈んでいく。

堤防がすっかり暗くなっても、僕の涙は止まらなかった。


僕が自分のアパートに帰りついたのは、もうだいぶ遅くなってからだった。

寝室に入った僕は鞄《かばん》をベッドに放り出し、いつものクセで、枕元《まくらもと》の留守番電話を再生にする。

十件です、という音声に続いて、

『晶也？　……俺だ』

聞き慣れた声。僕は乱暴に停止ボタンを押す。と、鳴り響く電話の呼び出し音。

きっと彼だ。僕は、電話のジャックを引っこ抜く。

「ひどい。お母さんが来たなんて嘘をついて。婚約者がいることも秘密にして。もう大嫌いだ」

僕はスーツのまま、ベッドに倒れこむ。

枕に顔を埋《うず》めると、彼の匂いがするような気がする。オレンジに近い優しい柑橘《かんきつ》系の彼の香り。

ゆうべはこのベッドの上で、あんなに愛してるって言ったくせに。

今朝までは僕だけのものだと思っていた、優しい腕、優しい低い声を思い出す。

またあふれてくる涙が、枕にしみこんでいく。

「なんで嫌いになれないいんだよ……」

プルル……

微かに電話の呼び出し音がする。……アパートの隣の部屋？　それにしちゃ、変な方向から……クロゼットの中から聞こえてくるような。僕はあわてて跳びおきた。

あの時、彼は僕をベッドにおろして、携帯電話を……。

慌ただしくクロゼットを開けると、彼がいつも持っていた小型の携帯電話がある。

迷ったけど、通話スイッチをいれる。緊急の用事だったらヤバい。

「あの、黒川の……代理の者ですが……」

いきなり、まくしたてるようなイタリア語。黒川チーフは、あっちに住んで仕事までしていたから、ほぼネイティブ・スピーカーだけど、僕にはさっぱりわからない。ガヴァエッリがどうのとか宝石の名前を言っているみたいだから、きっと仕事関係だろう。

「Mi《ミ》 dispiace《ディスピアーチェ》, non《ノン》 capisco《カピスコ》.（すみませんが、わかりません）」

うろ覚えのイタリア語で言って、悪いけど電話を切る。これで会社の方にかけなおしてくれるといいんだけど。彼は、こんな時間まで仕事をしているんだ。携帯電話は、ダテじゃないんだな。

これどうしよう、と思っていると、再び呼び出し音が鳴り始める。

うわ。さっきのイタリアの人か？　僕は聞こえないふりで、しばらく待つ。十回鳴ったら出てみよう。またイタリア語だったら切っちゃえばいいや。

……九、十……

「もしもし……」

『雅樹？』

女の人の声。なんだかすごく急いでいるみたいだ。聞き覚えのあるような、押し殺してもよく響く……、

「高宮さん……？」

『雅樹！　助けに来て！』

彼女の声は、やかましい音楽にかき消されそうだ。僕は負けないように叫ぶ。

「高宮さん！　ガヴァエッリのデザイナーの篠原です！　どうしました？」

『篠原さん？　どうして？』

「いいから！　どうしました？　今、どこなんです？」

『新宿《しんじゅく》で迷って……案内してあげるって男の人が……』

彼女の声が、怯《おび》えたように震えている。あんな美人がこんな遅くにウロウロして、きっとナンパされて変な店にでも連れて行かれたんだ。

僕の顔から、血の気《け》がひいていく。

「お店の名前は？　そこから出られそうですか？」

『お店の出口で見張ってるの。どこか別の場所にでも連れて行かれそう。どうしたらいいの？』

気丈だと思っていた彼女の声が、半分泣いている。僕は、場所と店の名前を聞く。歌舞伎町《かぶきちょう》のはずれの、寂《さび》れたあたりだ。なんでそんなところに……。

「今からすぐ行きます！　女性用のトイレにこもって、僕が行くまで絶対に出てはいけません！　二十分で行きますから！　いいですね？」

いったん電話を切り、あわててデザイナー室の電話番号を押す。

『はい、ジュエリーデザイナー室です』

聞き慣れた低い声が聞こえた途端に、僕はブチ切れて、怒鳴《どな》った。

「なんで残業なんかしてるんだよ！　彼女をほっぽって！　高宮さんが大変なんだよ！」

僕は、靴を履《は》きながら事情を説明し、階段を駆け下りながら店の名前を告げた。

黒川チーフは、黙ったまま全部聞き終わると、

『わかった。すぐに行く』

冷静な彼の声に心強さを感じてしまう自分を叱《しか》り付けて、僕は駅まで全力で走った。


店は場末のダンスクラブだった。地下に下りる階段の途中にチーマーっぽい服装の若者が何人も座り込んでいる。胡散《うさん》臭げに僕を見上げた目は、どれも焦点があっていない。汚い床の上にはカプセル薬の空殻《あきがら》みたいなのが散乱しているし、ポケットから折り畳《たた》み式のナイフがのぞいているし、最近の若者は、半端なチンピラよりよっぽどコワい。これはマジでヤバい。

真っ暗に近いフロアには濃すぎるスモークがたかれて、全然視界がきかない。でも、思ったより混雑してるみたいだ。なんとか紛《まぎ》れて逃げ出さないと。

僕はトイレを示すランプを頼りにフロアを突っ切り、薄暗い一角にたどり着く。こわごわ覗くと女性用トイレの前にコワそうなヤツが立ちはだかって、ドアをがんがん叩いてる。や、

やばい。

「彼女、イヤがってるだろう。やめろよ」

僕こそ、やめりゃいいのに、口が勝手に言ってしまう。そいつが僕に気付いて振り向く。

僕よりふたまわりデカイ。でもヤルしかない。睨むと、そいつがニヤリと笑う。な、何だ、この目？

「やめてもいいぜ。そのかわり、綺麗なおにいさん、あんたが相手してくれる？」

……相手？　……呆然としている僕に、手がまわって引き寄せられる。汚い顔が近づいて、

「この女と、二人まとめてでもいいな」

その言葉に僕はブチ切れた。力を振り絞《しぼ》って平手をくらわすと、やつの襟首を掴《つか》んで、

「彼女は、これから幸せになる人なんだ！　お前なんかに、邪魔する権利はない！」

怒鳴りながら、あまりの激情に身体が震える。そうだ。誰にも邪魔する権利はないんだ。

「いい気になってんじゃねーぞ……」

歪《ゆが》んだ顔で言ったそいつが、僕の襟首を掴む。振りほどこうとするけど、全然相手にならない。

「……来いよ。お前からだ」

男性用のトイレに引きずり込まれる。僕は必死で暴れて抵抗しながら、雅樹の顔を思い浮かべていた。僕は本当にバカだ。まだ彼が、僕を助けてくれると信じている。

後ろで、乱暴に扉が開く音。汚く濁《にご》った空気の中に、涼しい柑橘系の香りが流れて……、

「俺の晶也に……」

きしるような声とともに腕がのびて、乱暴にそいつの襟首を摑んで、僕からひきはがす。

「……汚い手で触るんじゃない！」

スローモーションに見えるほどきれいな右ストレートが、やつの顔に強烈にキマる。

そのまま壁に激突して床にくずれおちた身体を、ひきずっていき、乱暴にトイレの個室にぶち込む。

ドアを閉める仕草《しぐさ》はいつものようにスマートだけど、その広い背中は怒りに震えている。

「晶也……大丈夫か？」

振り向いた顔は蒼白《そうはく》だった。無事なことを確かめるように、そっと僕の頰にふれる。

心配そうに覗き込まれて、僕は、安堵《あんど》と自己嫌悪で、泣いてしまいそうになる。

廊下に続くドアが細く開いて、しのぶさんの怯えた顔がのぞく。

「篠原さん……大丈夫……？」

「しのぶさん！　あなたは、こんな所でいったい……！」

怒鳴りかけた雅樹が、ものすごく怒った顔で、

「さっさと帰りましょう！　怒るのはそれからだ！」

目立たないようにフロアの隅をすりぬけ、非常口から裏階段を使って地上に出る。

雅樹が大通りまで車を取りにいっている間、僕としのぶさんは路地《ろじ》の奥に隠れる。

「……篠原さん……」

さっきのヤツにワイシャツを破かれた。絶望的な気分の僕を、彼女が見上げている。

「助けに来てくれて、どうもありがとう。篠原さんって優しい」

自己嫌悪で、僕は目をそらす。僕は、あなたの彼と寝ていた男なんです。しかも……、

「全然、役に立てなくてすみません。情けないです。僕が来たせいでかえって迷惑を……」

「ううん。聞こえた。あなたは、わたしを守ろうとしてくれた」

しのぶさんの目が、まっすぐ僕を見上げて、

「わたし、あなたのこと、息子にしてもいいくらい気に入ったわ」

……息子？　彼女の唐突《とうとつ》な発想に、悲しい気分のまま思わず笑ってしまう。

「あなたがお母さんで、黒川さんがお父さんで、僕が息子ですか？」

「そうよ！　わたし、息子なら美形って決めてるの！　連れて歩いても鼻が高いし！」

ああ……僕にはやっぱり、女性心理は解らない……。

「晶也！　しのぶさん！」

道路にマスタングが横付けされて、雅樹が叫んでいる。しのぶさんが走って行って助手席に滑り込んだのを見て、何だかたまらない気分になる。あそこに僕が座ることはもう二度とないんだ。

「お役に立てなくて、すみませんでした。僕は、終電なくなるんで、これで」

僕は運転席の窓から、雅樹に携帯電話を渡す。指先に触れた彼の手の感触に、泣きたくなる。

そのまま踵《きびす》を返そうとしたのを見て、雅樹が慌てて車をおりてくる。

逃げようとする僕の腕を、強い力でつかんで、

「乗って。部屋まで送る。話があるんだ」

きっと……別れようって言うつもりだ。

そう思うだけで、僕の顔から血の気がひいていってしまう。

二人の邪魔をする権利は、誰にもない。僕にはもう、よく解った。

……だけど、その言葉をあなたの口から言われてしまうのだけは、僕は……！

僕は、彼の手を乱暴に振り払った。雅樹が驚いたように、呆然と見つめる。

彼の横をすりぬけざまに、彼女に聞こえないように囁く。

「今までありがとうございました。でももう、僕たち、終わりにしましょう」

そして、一人きりの部屋に帰るために、駅にむかって走り出す。

4・Tuesday

「黒川チーフ、どうしちゃったんでしょう？」

隣の席の後輩で、新人の広瀬《ひろせ》君が僕にひそひそと囁く。

火曜日のデザイナー室。

オーダーの仕事が終わったと思ったら、もう新しい仕事が、僕を待っていた。

でも、忙《いそが》しいほうがいい。何も考えなくて済むから。

「朝からあの人、変だよね」

田端チーフが、話しかけてくる。

今朝の黒川チーフは、なんだか呆然としてカップベンダーのコーヒーはこぼすわ、書類は間違うわ……。

とても、いつもの有能で、完璧な仕事ぶりを誇《ほこ》る彼とは思えない。

「かんべんしてよー、黒川チーフ。手伝わなくていいから、せめてその靴をどけて！」

悠太郎が、絨毯《じゅうたん》の上を四つん這《ば》いになりながら言う。

今も、黒川チーフは、サンプルストーンの直径三ミリのルビーを床にぶちまけた。

商品課から借りてきた物だから、一石でもなくしたら、大変なことになる。

悠太郎をはじめ、黒川チームのサブチーフの瀬尾《せお》さん、新人の柳《やなぎ》君、女性の野川《のがわ》さんも、絨毯の上に這いつくばって、石を拾っている。あの量じゃ、五十個はあっただろう。僕と同じ田端チームのサブチーフの三上《みかみ》さんと、女性の長谷《はせ》さんも立ちあがる。

「お手伝いしましょうか？」

三上さんの声で、呆然としていた黒川チーフが我に返って、

「ああ、皆、すまない」

拾った分を数えていた悠太郎が、ふくれて、

「すまない、じゃないですよ！　どっか調子でも悪いんじゃないんですか？　朝からボーッとして」

「まあまあ。さすがの黒川チーフだって、調子が出ない日くらいあるでしょ」

黒川チームのサブチーフの瀬尾さんが、笑って間に入って、

「それに悠太郎。おまえなんて、しょっちゅうやってるだろうが。人に言える立場か？」

「そうよ。悠太郎なんて、この間、二ミリのサファイヤでやったじゃなーい！」

野川さんの言葉で皆、笑う。だけど黒川チーフのハンサムな顔は、青ざめてひきつったままだ。

本当に彼らしくない。いつもの快活《かいかつ》で、有能で、カッコイイ彼とは別人みたいだ。

いったい何があったんだろう。彼女とケンカでもしたのかな。

僕の心臓が、チクリと痛む。

「Buon《ブオン》 giorno《ジョールノ》! Come《コーメ》 sta《スタ》?（おはよう、調子はどう？）」

陽気な声がして、つい一週間前、日本支社に配属になったばかりのジュエリーデザイナー室のブランドチーフ、アントニオ・ガヴァエッリ氏が入ってくる。

あいさつを返した皆が絨毯の上に這いつくばっているのを見て、眉をつりあげる。

「ユウタロ、また君か？」

皆が爆笑するのに、悠太郎がムッとして、

「オレじゃないですよ。黒川チーフがやったんです。今日はこの人、朝からボーッとして」

「マサキ？」

ブランドチーフ席に座りながら、黒川チーフを横目で見て、

「ははあ……ゆうべ、恋人とがんばりすぎたのかな？」

にやっと笑う。カヴァエッリ氏はこの会社の社長の次男で、役職は副社長。今までもイタリア本社のデザイナー室のまとめ役だったけど、先月あった、日本支社のデザイナー室撤廃《てっぱい》の危機から僕らを救ってくれて、それがきっかけで、本人も日本が気に入ったみたい。

日本支社に、自ら希望して異動してきてしまった。

デザインに関してはものすごく厳しくて、絶対に妥協《だきょう》しないけど、それ以外の時は……こんなふうに下品なことばっかり言っている。まあ、これだけ日本語が話せるだけでも、相当

エライ。

「きっと、朝まで……ええと……」

長い指で、伊和辞書をパフパラめくる。悠太郎があわてて、

「そんなことは、調べなくってていいんですってば！」

僕はため息をついて、仕事に戻る。

黒川チーフが何をしようが、もう僕には関係ない。

彼が、恋人と何をしようが、もう関係ないんだ。

……彼は、僕にしたように優しく囁くんだろうか、愛しているって……。

……僕のことをあんなに愛しているって言っておきながら、彼はほかの人に……。

ガタン！

僕は知らずに立ち上がっていた。広瀬君が、驚いたように見上げて、

「あきやさん？　どうしました？　なんか顔色が悪いみたいですよ」

「ああ？　大丈夫……ちょっと……」

廊下を走るようにして洗面所に飛び込み、一人になった途端に涙があふれてくる。

めまいがして、寝不足からくる鈍い頭痛がする。

たしかに昨夜は、一睡《いっすい》もできなかった。先週から休んでいないし、体調は最悪だ。

だけど、なんで泣かなきゃならないんだよ。

やけくそで顔を洗いながら、僕はものすごくみじめな気持ちになっていた。

彼の気配が消えただけで、もう自分には何一つ残されていないような気がする。

「しっかりしてくれよ……」

僕には、仕事があるじゃないか。

ほんの一ヶ月前まで、こんなに弱くなかったはずだ。彼にいろいろなことを教えられる前は……。

優しい眼差しに守られる安心感、あたたかい腕に抱きしめられる幸せな感じ、愛される甘い陶酔《とうすい》。だけどそんなものは、すべて忘れなきゃいけない。彼にとっては、ただの遊びだったんだから。

「さ、仕事しよう」

両手で、パン、と頬を叩く。ハンカチで顔を拭いて、ゆるんでしまったネクタイをきっちり締めなおす。

仕事さえしていれば、きっと彼のことなんか忘れてしまえるはずだ。

がんばって、今日中にラフをあげてしまおう。

「ラフ……なんのラフだっけ……？」

朝から描きまくっていたのに、上《うわ》の空で手だけを動かしていたことに気付く。

「そう、ダイヤの婚約指輪だってば」

何の因果《いんが》か、次に入った仕事も婚約指輪だった。ただしオーダーで描いていたような変わったタイプじゃなく一般的なものだから、ほとんど、今ある物のバリエーションを出すだけに近い。

「楽勝じゃん。がんばって代休をもらわないと、身体がもたないよ」

鏡を覗いて、泣いたなんて解らない顔を確認。洗面所を出て、廊下を歩きだす。

僕には、仕事がある。

黒川チーフとは、ただの上司と部下の関係に戻る。

うん。きっと彼なんかいなくても、全然平気だ。

「篠原ちゃん！」

急に呼ばれて、あわてて見回す。

エレベーターホールに、田端チーフとガヴァエッリ氏、そして黒川チーフが立っている。

黒川チーフの目は、まっすぐ僕に向けられていて、僕は思わず視線をそらす。

田端チーフが、会議用のファイルを振りながら、

「会議に行ってくる。ラノは今日中に頼むよ」

「あ、はい……」

「……篠原君……」

黒川チーフの声。なんだか呆然とした口調なのに、やっぱり彼の声は低くてセクシーだ。

僕は目をそらしたまま、身を固くする。

彼の声は胸のあたりに響いて、平静を装《よそお》うとしている僕の心を揺らしてしまう。

「……顔色が悪い。体調がよくないなら、帰りなさい」

「いいえ」

僕は目をあげて、黒川チーフの顔をみつめる。

ああ……彼の深い色合いの目を見るだけで、僕の心臓は悲しみに凍り付いてしまいそうだ。

でも、いつまでも逃げているわけにはいかないんだ。

「僕には、やるべき仕事がありますから」

口の端で笑うことに成功する。

田端チーフとガヴァエッリ氏は、デザイナーの鑑だ、といいながら盛り上がっている。

でも、彼は笑わなかった。

ゆっくりとエレベーターの扉がしまる。

彼の眼差しが、僕の目に焼き付いて離れなくなる。

「……なんで、そんなふうに傷ついたような顔をするんだよ……傷ついたのは、こっちなのに……」

「ミスター・シノハラ！」

ガヴァエッツリ氏の声に、帰り仕度《じたく》をしていた僕はアセって振り返る。

仕事中に名字で呼ぶ時は、この人は怒っていると思っていい。

僕の後ろに立った彼の顔は、案《あん》の定《じょう》厳しかった。手には、さっき提出したばかりの僕のラフ。

「ミーティングルームへ」

低い声で言われて、冷や汗が出る。

彼は、ほかのメンバーの前でデザイナーを叱ることはない。耳元でガミガミ言われたら、ほかの人達が仕事に集中できないし、言われている方も余計な気を使うことになる。

まあ、ちょっとしたことなら、皆の前で大声で叱られるけど。

ということは、今、僕が呼ばれているのは、ちょっとした用事じゃないってことだ。

彼について行く僕に、悠太郎が、やばーい、と口を動かす。ああ、一生懸命描いたのに……。

「こんなものを、わたしに見ろと言うのか？」

扉を閉めたガヴァエッツリ氏は、僕の描いたラフスケッチをデスクに乱暴に広げて、

「これとこれ、それにこれとこれ。一体どこが違うんだね？　それとも、忙しいこのわたしに、まちがい探しゲームでもやらせようというのか？」

やばい。枚数を描くのに夢中で気付かなかったけれど、僕はバリエーションともいえないような似たものばかりを並べている。それに全く同じものまでくりかえして描いている。

「あ……」

見上げると、ガヴァエッリ氏は、怒ったように眉をつりあげて、

「上の空で描いていたのが、ミエミエだ。仕事をなんだと思っている？」

デスクに腰かけ、仕立てのいいスーツの内ポケットから高そうなシガレットケースを取り出す。

一本取って火をつけると、美味しそうに吸い、天井に向かってゆっくりと煙をはきだす。

灰皿を差し出した僕の目を、ふいに覗きこんで、

「君もマサキも、今日はどうかしている」

あきれたような口調。僕は、アセって目をそらす。

まさかとは思うけれど……この人は、僕と黒川チーフのことで、なにか知っているのでは……？

「原因がなんだか知らないが、私情を仕事場に持ち込まないこと。こんなフザケたものを見せてわたしの時間を無駄にさせないでくれ」

ラフの束《たば》を僕に突き返す。

「……申しわけありません……」

あんまり自分が情けなくて、泣きたくなる。

僕は全然、平気なんかじゃなかったんだ。

つらくて、悲しくて、仕事なんかできないほどだったんだ。

黙って僕を見ていたガヴァエッツリ氏が、急にタバコを消して立ち上がる。

僕のあごに手をかけて仰向《あおむ》かせると、目の奥をじっと見つめる。

この人って黒川チーフに対抗できるほどのハンサムだ。甘いマスクは、さすがイタリア人。それがイヤミにならないのは、彼の表情が貴族的で、プライドの高さが漂っているから。

少しクセのある黒い髪が、額に落ちかかっている。彫りの深い顔。まつげの長い黒い目。

この人に本気で誘われたら、女の人はひとたまりもなくなびいてしまいそうだ。

二十センチ高い位置から、至近距離で僕を見下ろし、イタリア語で何かをつぶやく。

「ええと、日本語でお願いできますか？」

僕が言うと、皮肉な笑みを浮かべて手をはなし、

「純情な君には、秘密にしておくよ。それより、本当に顔色が悪い。明日あさって、君は代休を取る。身体を休めて、よく考えること」

僕の肩をポンポンと叩いて、

「わたしが君に望んでいるのは、今まであるデザインのバリエーションではなく、新しい提案だ。君なりの婚約指輪のイメージを、君のラインで表現して欲しい。わかるかな？」

僕は、呆然としながらうなずく。誰かさんの婚約のことで頭がいっぱいなのに、まだこれ以上考えるのか……けっこうキツい……。

「……考えてみます……」

「そういえば」

ガヴァエッリ氏は、さも、今思い出したというような口調で、

「同じ日にマサキ・クロカワも有給休暇をとる。なにか相談があったら、彼に電話するように」

「……え？」

ガヴァエッリ氏は、ドアノブに手をかけて振り返ると、

「だが、マサキなんかよりわたしのほうが、ずっとハンサムだと思わないか？　アキヤ？」

「……は？」

口を開けている僕に笑いかけてドアを開け、帰り仕度をしている黒川チーフに、

「マサキ！　約束通り、今度飲む時は、おまえのおごりだ！」

改札を出て、駅の階段を上りながら、僕は、見ちゃいけない、と呟いていた。

探したって、みじめになるだけだ。彼の車が僕を迎えに来ることは、もう二度とない。

地上に出た途端、でもやっぱり見回してしまう。彼の車が停まっていたあたりを。

「いるわけないよね」

僕は少し笑ってしまう。自分がこんなにあきらめの悪い人間だったなんて、初めて知った。

思ったとおり、彼の銀色の車は、夕暮れの駅前通りのどこにも見えなかった。

……彼が僕を迎えに来ることは、もう二度とないんだ……。

そう思った途端、僕は、家路を急ぐ人々のなかで呆然と一人たちすくむ。

これからの僕の人生の中のどこにも、恋人だった彼はいない。どうしたらいいんだろう？

今夜を、明日を、そして次の日を、彼なしで、どうやって過ごしていけばいいんだろう？

凍り付くような孤独感に、思い知る……僕はまだ、こんなに彼のことを愛している……。

一人でいたくない。一人きりで、彼と過ごしたあの部屋にいたくない。

人のざわめきにひかれるように、僕は、駅前の立ち飲みのコーヒーショップにとびこむ。

コーヒーのカップを持って、電話の前のカウンターに寄りかかる。

コインを入れ、悠太郎の部屋のナンバーを押す。

さっきまで電車で一緒だったんだ、そんなに早く部屋につくわけがない。

だけど僕は、救いを求めるように、何度も何度も、悠太郎の部屋に電話をかけつづけた。

「オレ、やっぱり帰ろうか？　疲れてるんだろ、あきや。そんなにグッタリして」

ビデオが終わって、悠太郎が立ち上がる。

もう終電もなくなる時間だけど、彼は例によって自転車で来ているから、関係ない。

「……泊まっていかないの？」

悠太郎は、明日の着替えのスーツやワイシャツもちゃんと持って来た。だから泊まっていくと思ったのに。

……一人になりたくない。一人にされたら何をしてしまうか、自分でもわからない……。

僕が見上げると、悠太郎は妙に嬉しそうな顔で笑って、

「めずらしー。ひきとめてくれてんの？　お願いって言えば、泊まってやってもいいぜ」

「うん。お願い。今夜は一緒にいて欲しいんだ」

悠太郎は、なんだか困ったような顔で、僕の前にしゃがむと、

「おまえねー。そういう色っぽい顔で、誘導フェロモンを全開にしてると、アブナイよ。いつかオレだって、我慢できなくなっておそっちゃうかもよ」

僕は、くすりと笑って、

「悠太郎は、ゲイじゃない」

ちょうど今、彼女がいないだけで、悠太郎には本気で好きだった子だっている。女の子に友情以上の感情をもてない僕とは、全然ちがうはずだ。

悠太郎は笑いながら、僕に顔を近づけて、

「ゲイじゃないけど、あきやは特別。ねえ、今夜だけ、オレとエッチなことしない？」

「……うん。そういうことしたって、別にいいんだよね……」

呆然と答えてしまった僕は、悠太郎の顔つきを見て、慌てて、

「あ、いや、そうじゃなくて……」

悠太郎は、怒ったような顔で僕を睨む。こんな時の彼は、勘が鋭くてごまかせない。

「黒川チーフと何かあったんだな……ケンカでもした？」

「あはは、違う、違う。彼とは、別れたんだ」

笑って言う僕の声は、悲しみにかすれていた。

「もう、僕たち、終わっちゃったんだよ」

悠太郎が、信じられない、という顔で眉をひそめて、

「……どういうこと？」

ああ、黒川チーフと付き合う時も、悠太郎を心配させてしまったのに。

もうこれ以上、彼に余計な心配をかけたくない。

僕は、精いっぱいの元気をふりしぼって、

「いやあ、やっぱりホモなんて不毛《ふもう》じゃない。それに気がついただけ。僕も彼も、もう子供じゃないんだし、お遊びはこれくらいで終わりにするんだ」

突然、悠太郎がものすごく怒った顔で、僕の襟首をつかむと、

「嘘をつくな。あきやがそんな言い方するなんて、変だ。何があったんだよ」

僕は、目をそらして、

「なにも。もう、終わったんだよ」

悠太郎は、僕から手を放すと、脱ぎ捨ててあった自分の革ジャンをつかんで、玄関に走る。

「黒川のヤローをブン殴って、言わせてやる」

直情型の悠太郎が、キレてしまってる。本当にやるかもしれない。僕は慌てて、

「待って。わかった。僕が説明するから」

悠太郎が、不満そうに立ち止まる。僕は、脱力感と眩暈《めまい》でそのまま廊下に座り込む。

悠太郎が、ドカッと座って僕の言葉を待っている。これだけ心配させておいて、もう秘密にはできない。

「オーダーの仕事で、銀座の店のほうに行ってたでしょう？　そのお客さんは、婚約指輪を頼んだんだけど、その人は……」

僕の声が、悲しみにかすれる。思い出すのもつらいのに……。

「……彼女は、黒川雅樹の婚約者だったんだよ。彼と、来年結婚するらしい」

凍り付いたような沈黙のあと、悠太郎がつぶやくような声で、

「……ウソだろ……？」

「彼は秘密にしてたけど、イタリアに婚約者がいたんだ。彼女が今、日本に来てる。お母さんが来たなんて、嘘だったんだ。僕に好きだって言ったのは……大人のお遊びってヤツかな？」

僕は自嘲《じちょう》的に言って、笑う。

「なんだろう、僕だけ本気になったりして。バカだよねー。遊びのセンスがないっていうか」

「そんなのウソだろ？　だって黒川チーフ、あきやのこと泣かせたりしないってオレに誓《ちか》ったんだぜ！」

「泣いてないよ。僕は楽しかった。たとえ彼にとっては遊びのつもりだったとしても」

笑いながら声をつまらせる僕の肩を、悠太郎が乱暴につかんで、

「そんなのヒドすぎる！　あきや！　おまえ、それでいいのかよ！」

「よくはないけど……」

僕は、壁に寄りかかって、

「結婚するんじゃ、仕方がないよ。現実的に言って、僕とずっと一緒にいるなんて無理だもんね」

悠太郎が、僕を引き寄せてきつく抱く。彼の身体が怒りに震えている。きしるような声で、

「……チクショウ。黒川のヤロー、ブチ殺す……」

「悠太郎……」

僕は、彼の肩に頭をもたせかける。

「……もういいんだ。二人の間に割り込んだのは、僕のほうなんだよ……」

いつのまにか流れていた涙が、悠太郎のシャツにしみこんでいく。

「彼女は美人で、わがままだけど純粋で、僕は、彼女の幸せの邪魔をしたくない」

「あきや」

悠太郎のあたたかい腕が、僕をかたく抱きしめる。

「おまえのそういうところ、オレ、すごく好きだよ。でも、オレの前では、本当の気持ちを言ってもいいんだよ。頭に来たら誰かの悪口を言ってもいいし、自分の汚いところ、正直に見せてもいいんだよ」

耳元の優しい声に、僕の中で張り詰めていたはずの、何かが切れてしまう。

「……僕は、まだ黒川雅樹が好きなんだ。別れたくない。彼を愛してるんだ……」

僕の口から勝手に言葉がもれてしまう。固くとじたまぶたから涙があふれてくる。

「雅樹に婚約者がいたなんて信じられない。僕だけの雅樹でいて欲しかったのに」

僕は、悠太郎に固くしがみついた。もう、どうにかなってしまいそうだ。

「婚約なんてダメになればいい、と心の中で思ってる。……僕は、汚い人間なんだよ……」

自分なんか嫌いだ。こんなヤツが雅樹に相応しいわけがない。悠太郎の静かな声が、

「おまえだけじゃないんだよ。人間なんてみんな、そんなにきれいなもんじゃない。だけどオレ、そんなふうにおまえを泣かせた、あいつだけは許せない」

悠太郎は、僕をぎゅうっと抱きしめてから、ゆっくり立ち上がった。寝室に入って行って、

「あきや。どうも電話が通じないと思ったら、ジャックを抜いてたのか？」

僕は少し笑って、

「もう彼の声を聞きたくない」

寝室に入っていくと、ベッドにすわった悠太郎が、僕を見上げて、

「黒川雅樹がそんな人間だとは思わなかった。見抜けずにあきやを渡した、オレがバカだったよ」

悔しそうにつぶやいて、ジャックを差し込むと、手帳をめくってどこかに電話をかける。

ほとんどコールしないうちに、相手が電話に出る。

「もしもし、黒川チーフ？」

「ちょ、ちょっと、悠太郎！」

電話を切ろうとする僕を、片手で制して、

「あきやを泣かせたあんたを、オレは絶対に許さない。あきやは……今夜からもう、オレのものだ」

低い声で言って、乱暴に電話を切る。

見上げてきた悠太郎の顔は、初めて見るほど真剣で、僕はすこしこわくなってあとずさる。

「オレのものだって言ったの、聞いただろ？ ……おいで」

ベッドの、自分の隣を示す。僕は、黙って首を横にふる。

悠太郎は腰を浮かせて僕の手をとると、強い力で引き寄せて、ベッドに押し倒した。

そして僕の目をまっすぐに見つめたまま、唇を合わせようとする。

押しのけようとして抵抗する僕の手首を摑むと、しっかりとベッドに押さえつけ、

「まだ、彼だけ？ それとも、オレだからダメなの？」

……ああ、そうだ……彼を失った実感が、悲しみとして僕をおそう。

彼だけだ。

僕を感じさせたのも、僕に誰かを愛させたのも、彼だけだ。

美しいものを作り出すこと、自分の内面を追求することだけにとらわれて、愛することを忘れた僕に、初めて本当の恋を教えてくれたのは、彼だったんだ。

「……悠太郎だからダメなんじゃない……」

僕は、かすかな声でささやく。

「……雅樹じゃないなら、誰でも同じだよ……」

「お前ね」

悠太郎が、僕のシャツのボタンを一つだけはずして、首筋に優しいキスをする。

「自分が、けっこうヒドいことを言ってるって、自覚してる？」

もう一つボタンがはずされて、胸元にさっきより激しいキス。僕は、呆然とキスを受けながら、

「悠太郎っていいヤツだよね。もし僕が女の子に生まれてたら、絶対好きになってたかも」

悠太郎が、改めて見るとけっこう整ってる顔に、苦い笑いを浮かべて、

「そうやって、誘導フェロモンを全開にしてると、アブナイって言っただろ？」

悠太郎は、みっつめのボタンをはずすと僕のシャツをはだけて、まじまじと見つめる。

「どう見ても男だ。なのに、なんでこんなに綺麗なんだよ」

また困ったような顔で言う。

「……なにそれ？」

「しかも、全然自覚がないんだよな。オレ、黒川チーフがおまえにオカシクなった気持ちがよくわかる。もう、オレもオカシクなりそうだよ」

ゆっくりとシャツを脱がされて、悠太郎の唇が僕の身体をたどっていく。でも、そのぬくもりに悲しくなるのは、なぜなんだろう。僕は悠太郎のことがすごく好きで、いつだって一緒だった。彼の腕はあたたかい。もし、何も考えずに身をまかせてしまえたら、きっと楽になれる。

でも……遊びでこんなことをするのは、僕も、それに悠太郎までもが、傷つくだけだ。

「やめようよ、悠太郎。遊びでするようなことじゃない」

「あきや」

悠太郎が、僕を固く抱きしめる。すごく真剣な声が、耳元で、

「おまえのことをこんなに大切に思ってなかったら、今すぐおまえをオレのものにする。泣いてもわめいても関係ない。……そして、もう、誰にも渡さないのに……」

僕はなんだか泣きそうになりながら、くすくす笑って、

「悠太郎、かっこいい。でも、泣いてもわめいても関係ないって……ちょっとヒドくない？」

「あっ！　笑ったなー！　思い切って、最後までやっちゃおっかなー？」

笑ってる僕を、ぎゅうぎゅう押さえつける。

「ねえ、ジーンズ脱がしていい？」

「だめー」

悠太郎も吹き出して、笑いながら僕に顔を近づけて、

「ちくしょう！　せめてキスだけ！」

「あはは、やだってば」

ベッドの上で騒いでいるうちに、寝不足と疲れのせいで、僕はそのまま眠っていたらしい。

突然、窓の下で響いたすごいブレーキ音に、驚いて飛び起きる。

事故？　顔を見合わせた僕達の耳に続いて聞こえてきたのは、車のドアの閉まる音。誰かが階段を駆け上ってくる。僕の部屋のドアが乱暴に開く音がして、足音がリビングを踏み鳴らし、そして襖が音をたててはね返り、そこに立っていたのは……、

「……黒川チーフ……」

息を切らし、髪を乱れさせた彼の姿に、僕の鼓動は速くなる。

半裸のまま悠太郎とベッドの上にいるのを思い出して、僕は青ざめて慌ててシャツを着る。まるで後ろめたいことでもしていたように、動揺してしまう。よりによってこんな姿を彼に……。

「……晶也……」

彼が低くつぶやいて、表情をなくす。彼の目は、呆然と僕を見つめてる。

「君は……いったい何をしているんだ」

悠太郎が、背中に僕をかばうみたいにして、彼を睨みあげながら、

「あんたには、もう関係ないはずだろ」

「……悠太郎」

ため息まじりの彼の声は、激情をかくしているように震えていた。

「頼む、少しでいい。晶也と二人だけで話をさせてくれないか」

二人の間に、重い沈黙が流れる。

悠太郎は、コンビニにいるから、と言い捨てて出て行った。

僕の心はまた、凍りついたみたいだ。目を伏せたまま、なにも話せない。

「……晶也……」

絞り出すような声で呼ばれて、僕は目を閉じて身構える。

僕は、逃げていたんだ。

話もしないで、電話にも出ないでいたのは、彼の言葉から逃げていたからなんだ。

聞きたくない。僕を欲情させるこの低い声が、ほかに愛する人がいる、なんて。

だから別れてくれ、なんていうのを……聞きたくないんだ。

「晶也。君に、いったい何が起きたんだ……？」

「あなたはもう、関係ないはずです」

冷静を装って目を上げるけど、彼の傷ついたような顔を見ると、感情がこみあげてきてしまう。

僕はのどをつまらせ、またうつむいてしまう。

「……言ってくれ……」

彼が、ベッドに座った僕の前にひざまずいて、苦しげな顔で僕を見上げる。

「話して欲しい。君の本当の気持ちを聞けるなら、どんなことを言われてもかまわない」

まっすぐ見つめられて、目を伏せることもできない。もう、逃げることはできないんだ。

「彼女は……」

言葉をとぎれさす僕をうながすように、彼が低い声で、

「彼女が何か言ったんだね。何を言われた？」

黙って首を振る僕を見て、彼が震えるため息をつく。

「一つだけ聞かせてくれ」

真剣な顔で僕を見上げる。お願いだから、そんなに苦しそうな目で僕を見ないで欲しい。

「俺は、晶也を愛している。誰が何と言おうと、もうそれは変えられない。……君はどう？ まだ俺のことを愛してくれている？」

ああ、あなたは本当にひどい人だ。あなたなんか大嫌いだ。いますぐ僕の前から姿を消して、さっさと彼女と幸せになってください……そう言えたら、どんなにいいだろう。

「あ……」

言っちゃいけない。本当の気持ちなんて。だけど、涙と一緒に言葉があふれてくる。

「愛してないわけ、ないでしょう！ 僕にはもう……あなただけなんです！」

拳《こぶし》を握りしめて泣きじゃくる僕の身体が、ふいに強い力で引き寄せられる。彼の手が狂おしく背中にまわり、すがるかのようにかたく僕を抱きしめる。

「……晶也」

ささやきが、僕の髪をゆらす。

「彼女には、俺から話した。俺がゲイで、君を愛していること。誰が何と言おうと、もう君と離れることはできないこと」

僕は泣きながら、彼の身体を押しのける。

「ひどい！　あなたはひどい人だ！　もう大っ嫌いになってやる！」

泣きじゃくる僕の顔を、彼の手が包んで引き寄せる。切なげな美貌《びぼう》がのぞきこんで、

「俺にも、君だけだ。君に嫌われたら、俺はどうしたらいい」

僕は、自分から彼の唇にくちづけ、たくましい肩にすがりつく。

「愛してる。あなたがいないと、僕はめちゃくちゃになってしまう。どうしたらいいんですか？　こんなにしてしまったのは、あなたなんですよ」

彼の優しい手が、いつくしむように僕の髪をなでている。

「ずっと一緒にいればいいんだよ。信じてくれるまで、何百回でも愛していると言ってあげる。君が目に見えるもので愛を証明して欲しいなら、ダイヤモンドでもなんでも贈ってあげるから」

僕は、彼にすがりついたまま、首を横に振る。僕が欲しいのは、そんなものじゃない。

「そうじゃない。あなたにはわかっていない」

たくましい胸に頬を押し付ける。糊《のり》のきいたワイシャツに、僕の涙がしみていく。彼の香りがする。グランマルニエの芳香《ほうこう》に似てる、オレンジに近い柑橘系の香り。それに包まれているだけで、僕の中の全《すべ》てが完結する。

口ではひどいことを言いながら、僕は安心している。彼の、僕への愛を保証する言葉に。でも、彼女はこれからどうなるんだろう？　あんなに幸せそうだったのに。あんなにこだわって婚約指輪を作ったのに。結婚する、と言った時の、彼女の幸せそうな笑顔を思い出す。

「……ひどすぎます。彼女のダイヤモンドは、どうなるんですか……？」

「それなら大丈夫だ。彼女はショックだったようだけれど、婚約を解消するとは言っていない」

僕は耳を疑った。僕を愛してる、だけど彼女との婚約は解消しない……って、どういうこと？

「結婚……するんですか？」

黒川チーフはうなずいて、手のひらでそっと僕の顔を包む。なんだか疲れたように見える端整な顔に微笑みを浮かべて、

「彼女は混乱しているけれど、なんとか俺たちの関係を認めてくれそうだ」

認める？　僕と雅樹の関係を？　ってことは、僕は、公認の……愛人……ってやつになるわけ？

気がつくと、僕の右手が空《くう》を切って、鋭い音とともに彼の頬に平手をくらわしていた。

「人をバカにするのも、いいかげんにしてください！」

怒りに身体が震える。彼の愛を誰かと共有するなんて、僕には耐《た》えられない。考えたくもない。

「こんなの酷《ひど》すぎる！　口では愛してるなんて言いながら、本気になった僕を心の中で笑ってるんでしょう？　これが大人の遊びってものですか？　これがあなたのやり方なんですか？」

自分で言いながら、涙が出る。

「あなたは、僕を愛してなんかいない！　僕を、ただの遊びの道具にしているだけだ！」

「篠原君」

低い声で、彼が言う。二人きりの時のこの呼びかたは、すごく上機嫌なときか、でなければ、本気で怒っているときだ。僕を見つめる雅樹の目は、やっぱり本気で怒っている。

「君の言った言葉の意味が、理解できない。俺がいつ、君にそんなことをした？」

雅樹が怒りをあらわにすることは、ほとんどない。だけどたまに本気で怒ることがある。僕がよそ見をして車に轢《ひ》かれそうになった時とか、桟橋《さんばし》でふざけていて海に落ちそうになった時とか。

そして怒った時の彼は、静かだけどすごく怖い。それにあの時の、強烈な右ストレート……。

思わず謝ってしまいそうになるのを気力で押しとどめて、僕は彼を睨みつける。

「僕を、愛人にするじゃないか！　本気で愛しているなら、そんなことできるわけがない!!　やっぱり僕とは遊びなんです！　だってあなたは、結局はしのぶさんと結婚するんだから!!」

彼は、ハンサムな顔を硬直させて、僕の顔を見つめる。たっぷり十秒は黙ったあと、

「……誰と、誰が、結婚するって……？」

「あなたと、しのぶさんが、です！　婚約は解消しないって、言ったじゃないですか!!」

睨みつけるけど、彼の顔は拍子抜けするほど呆然としている。いったいどうしたんだよ!?

「ちょ、ちょっと待ってくれ」

彼は手をあげて、また怒鳴ろうとしている僕の言葉をさえぎる。

「聞かせてくれないか？　彼女はいったい、君に何を言ったんだ？」

「『雅樹の職場の人なら、黒川を知っていても不思議はないわね』って。それから『わたし黒川と結婚するのよ』って！」

彼は僕の言葉を待つように黙り、しばらくしてから、

「……それから？」

「それだけです！　それだけでじゅうぶんじゃないですか！」

「……それだけ？」

彼は、確認するように僕の目をのぞきこんで、

「……ゲイに対する攻撃的意見とか、俺と別れろとか、そういうことは……」

「そんなこと、言うわけないじゃないですか！」

彼は一瞬、視線を宙にさ迷わせてから、深いため息をついて、脱力したように肩を落とす。

「晶也、よく考えてみてくれ。彼女の言葉の中には、二人の人間の名前が出てきている」

「……二人？」

「『雅樹』と『黒川』だ」

「だ、だって！」

僕はアセって言う。確かに変な言い方をするな、とは思ったけど……。

「さも僕が、彼女の結婚相手をよく知っているような口調で……」

「知っているものと誤解したんだろう。彼女の結婚相手は『黒川雅樹』じゃない。『黒川圭《けい》吾《ご》』だよ」

「黒川圭吾って、あの、建築家の？」

『黒川圭吾』……その名前ならよく知っている。僕も雑誌で見たことがあるほどの有名な建築家で、しかも建築業界の中でも一、二を争《あらそ》うハンサムだ。日本人離れしたような垢抜《あかぬ》けた

容姿は黒川チーフに少し似ていて、今はイタリア在住のはず。

そういえば、黒川チーフのお父さんも建築家だって……今はイタリアに……あれ？ ええと……。

「まさか、建築家の黒川圭吾さんって、黒川チーフの……」

「父親だ。そして、しのぶさんは俺の父親の再婚相手だ」

「え……お父さんの……だって……歳《とし》がぜんぜん……」

確かに反対されたって言っていた。もし雅樹が相手だったら、そんなにまで反対する理由は……。

「歳は三十も違うし、親父《おやじ》は二度の離婚歴があって結婚は三度目。そのうえ、俺みたいな年上の義理の息子ができるんだ。反対されないわけがない」

彼女は、僕を息子にしてもいいとか言っていたような。それは、雅樹と一緒にってこと……？

「じゃあ、しのぶさんは、あなたの……」

「母親になる。式は来年の六月。今回はその準備で来た。半分遊びに来たようなものだが」

「……てことは、お母さんが来たっていうのは、最初からウソではなかったんですね……？」

「篠原君」

……やばい。後ずさろうとする僕の腕をつかむと、じっと僕の顔を見つめて、

「俺の言葉を、最初から疑っていたみたいだね」

「すみません。あなたとしのぶさんは、傍《はた》から見ればお似合いだし……その……」

弁解している僕の言葉を、彼の声がさえぎるようにして、

「それはもういい。ほかに、俺に別れを告げた理由は？　たとえば……」

いつも落ち着いて紳士的な姿勢をくずそうとしない彼が、今だけは救いでも求めているような必死ともみえる表情で、僕を見つめている。

「……たとえば、俺よりもっと好きな人ができたとか……」

あ、まさか悠太郎のことかな？　確かに、誤解されても仕方ない状況を見られてはいるけれど。

「あんまりショックだったので、そうできたら楽だろうな、と思ったりしたけど……」

彼の凜々《りり》しい眉間《みけん》にたてじわが刻まれる。僕は手をのばして、彼の滑《なめ》らかな頬に触れる。

「……でも、やっぱり僕が好きなのは、あなただけでした。僕の言葉を、信じてくれますか？」

彼は深いため息をついて、腕を広げると、そのたくましい胸に僕を抱き込んだ。

「信じるよ。……まったく、君は……」

彼のあきれたような声が、胸から直接、僕の身体につたわってくる。心地いい振動。

「道を歩けば轢かれそうになる、海のそばでは落ちそうになる、包丁を持たせれば指を切る」

僕の身体を、いとおしげに抱きしめて、

「食事はしない、夜は寝ない、ちょっと目を離すと貧血と寝不足でフラフラしている。それだけでも俺は心配で気が狂いそうなのに、そのうえ勝手に誤解して、一方的に別れを告げてくる」

僕を見下ろして、精悍《せいかん》な顔に照れたような苦笑いを浮かべて、

「君にフラれた俺がどんなに情けない男になってしまうか、見られてしまったね」

「そうですね。コーヒーを持てばひっくり返す、書類を書けば間違い続出、サンプルストーンの三ミリのルビーは床にぶちまける。確かに情けない人になっていました。でも……」

僕は、笑って彼を見上げて、

「……僕を助けてくれた時の、右ストレートがカッコよかったから……全部、帳消し」

目を閉じた僕の唇に、彼の優しいキスがふってくる。

彼の香り。あたたかい彼の腕。直接伝わってきて僕を安心させる彼の鼓動。

雅樹は、僕だけのもので、僕を愛してる。

ああ……僕が欲しかったものは、それだけだ。あとはもう、なにもいらない。

「あんたがたねー！」

話を聞き終わった悠太郎が、あきれかえった声で言う。コンビニからの帰り道。この寒いのに彼の手にはハーゲンダッツのアイスバー。迎えが遅かったといって雅樹に請求した、慰《い》謝料《しゃりょう》だ。

「あきやがヌケてるのは、前からわかっちゃいたんだけどさー……！」

わざと大きくため息をついて、こっちを睨む。

両手を合わせてお謝りのポーズをとる僕を、あいているほうの手で引き寄せて、

「これだけ大騒ぎしたんだ。おまえからも慰謝料、もらっておこうかな？」

近づいてくる悠太郎の唇を避けようとしてのけぞっている僕を、直前で雅樹が奪い返す。

「森君、どうしても慰謝料が欲しければ、俺が払おうか？」

雅樹が、凄味《すごみ》のある笑いを浮かべている。その額には、くっきりと怒りマークが……。

悠太郎は、怯えたように僕のかげにかくれると、

「うわあ、やっぱりいりません。オレ、男とキスするシュミないですう」

「じゃあ、僕はなんなんだよ！」

「あきやは、特別」

悠太郎は隙《すき》をみて僕を引き寄せると、額にキスをする。ムッとしている雅樹に向かって、

「だけど最初からあなたがはっきり言わないから！　ちゃんと説明しなきゃ誤解するよ

な！」

「それは反省している。ちょっと混乱して」

雅樹はため息をついて、髪をかきあげる。

会社では一分《いちぶ》のスキもなくスーツを着こなして完璧なハンサムぶりを発揮してるくせに、今はネクタイは緩《ゆる》んでるし、前髪は乱れて額に落ちかかってる。

でも僕から見れば、どんな雅樹だって、やっぱりセクシーなんだよね。

「しのぶさんが日本に来たら、君を正式に紹介しようと思っていたんだ」

ボーッと見とれていた僕は、急に彼に振り向かれて、アセって赤面する。

「……え？　……僕を、彼女に？」

そういえば、機会をみて紹介したいって言っていたような。

ただの知り合いかと思って聞き流していたけど、彼女は雅樹の家族になる人で。

……それって……？

悠太郎が、驚いたように、

「それて、もしかして、よくいう『カミング・アウト』ってやつ？」

ええ？　驚いて見上げる僕に、雅樹はあっさりとうなずいて、

「そう。だが、晶也の気持ちも聞かなければと思っていたところに、先に、彼女が、晶也の前に現れてしまった。そして、晶也の様子がおかしくなった」

雅樹は、思い出すように深いため息をついて、

「しのぶさんは、妙に鋭いところのある人で、俺と晶也のことを気付いていたようなふしがある。そして、ゲイというものに非常に偏見《へんけん》を持っている。だからてっきり……」

僕はさらに混乱してしまう。

最初はただの仕事上のお客さんだった。お金持ちのわがまま娘で、その次はちょっと好感のもてる女の子で、その次は愛する人の婚約者。本当は彼の母親になる人で。

そして……カミング・アウト……？

「ええと、カミング・アウトというと、自分の家族にゲイであると公表するってことですか？」

僕はこわごわ言う。

実家の自分の親や兄の顔が頭をよぎる。そりゃあ秘密は良くないかもしれないけど、彼らにそれを告白することを考えたら、冗談じゃなく、なかなかヘビーなものがある……。

顔をひきつらせている僕を、雅樹が優しく見下ろして、

「安心して。君に同じことをしろとは、言わないから。そんなものは、人に強制されてするものじゃない。ただ俺は、彼女には秘密をもちたくなかっただけだ。父親にはまだ言っていないし」

黒川圭吾が、彼のお父さんだって話を聞いてから、並々ならぬ興味を示していた悠太郎が、

「あのお、黒川圭吾さんって、普段どんな人なんですか？　オレ、けっこう好きなんだよなあ」

雅樹が、眉間にたてじわを刻んで、

「三十歳年下の女の子と、急に結婚したいなんて言い出すようなヤツだよ。まったく、そのせいで、晶也にいらない誤解をされるし……」

イタリア語で言ったからよく解らなかったけど、多分悪態《あくたい》らしきものをついてから、

「とにかく彼女には、俺と君のことを話した。息子の俺がそういう人間だということを、知っておいて欲しかったんだ。そして彼女は、俺のことを知った上で家族になるのを承知してくれた」

僕らは、アパートの前に駐車した、雅樹のマスタングの前で立ち止まった。

さっき飛び込んできた時によっぽどアセっていたのか、彼らしくないナナメ駐車になっている。

悠太郎は、気をきかせたのか、さっさと僕の部屋への階段を上っていく。ドアの閉まる音。

雅樹は、ポケットから車のキーを取り出して、手のひらのそれを見つめながら、

「晶也」

「はい？」

目をあげて、真剣なまなざしで僕の顔を見つめる。視線を絡めとられてそらすことができ

ない。

「俺の母親になる人に、君を恋人として紹介させてくれないか？」

何か言おうとして口を開くけど、言葉が出てこない。

彼が、二人の関係を真剣に思ってくれているのはすごく嬉しい。でも本当は逃げてしまいたいような。

その関係を大切にしたいほど、壊れた時のことを思って怖さも大きい。

しかも僕らは歓迎されるはずのない間柄で、その上彼女は、ゲイというものに偏見を持ってて。

お客さんだと思ったから普通に接していられたけど、彼女のほうは、僕をどう思っていただろう？

一緒にデザインしましょうなんて言ったりして、馴《な》れ馴れしいヤツと思っていたかな。

雅樹の携帯電話を僕が持ってて、しかも役に立たないのにわざわざ行って、カッコ悪いところを見られてしまった。……ああ、できれば、逃げてしまいたい。

雅樹は、黙って僕の言葉を待っている。深い色合いの彼の目。

僕は思い出す。彼を失ったと思い込んだ時の、心の痛み。

あれに比べたら、蔑《さげす》みも罵倒《ばとう》も、きっとなんということはない。

雅樹は、家族になる人に僕を紹介してくれようとしている。彼にとっては一生付き合っていくはずの人だ。きっとこれ以上の誠意はない。

僕は、それを裏切ったり、それから逃げたりしちゃいけないんだ。

僕は、彼女に正直に告白して、いままでどおり誠意をもって接する。それだけだ。

「あなたのお母さんになる人に、僕を紹介してくれますか？」


「……で？　どうなったの？」

悠太郎がこたつの上に身を乗り出す。僕は、いまから緊張して硬直しながら、

「彼女は、あさってイクリアに帰るんだって。だから明日の午後に会う。彼の部屋で」

悠太郎は、僕がミーティングルームに呼び出されていたのを思い出したらしく、

「明日？　おまえ、ガヴァエッツリ・チーフに、代休をもらえたの？」

「怒られつつも、なんとか。黒川チーフも、明日、あさって、有給休暇をとったって」

「なに？　オレの明日〆切《しめきり》の仕事どうしよう？　オニのガヴァエッツリ・チーフがツノ出して待ってるんだぜー、オレもう怖くて死にそう！　黒川チーフがフォローしてくれると思ったのに！」

悶《もだ》え苦しんでいる悠太郎にため息をついて、僕は、

「何度も、〆切を延ばすからでしょう？　だから黒川チーフ、午前中は出社するって」

「あ、ほんと？　助かったー！　やっぱり頼りになるねー、黒川チーフは」

ころっと態度を変えて笑っている悠太郎を、雅樹のかわりに睨んで、

「ただし午前中だけだって。終わらなかったら、即刻ガヴァエッリ・チーフに引き渡すって言ってた」

「うそ。それだけは勘弁して。仕事中のあの人、超コワいんだよ！」

突然、電話の呼び出し音が響く。僕は畳《たたみ》に転がっている悠太郎をまたいで、寝室に入る。

雅樹にしちゃ、部屋につくには時間が早い。友達かな。しまった。電話を切ってた間に親からかかってきていたらヤバい。うちの母さん、なにかというと電話してくるし。

「はい、篠原です」

『もしもし、篠原さん？』

女の人の声。押し殺したような、怒ったような、でも綺麗なよく響く声だ。

「高宮……しのぶさん……ですか？」

呆然と聞き返す僕の声に、彼女は不機嫌そうに、

『そうよ。あなたに聞きたいことがあるんだけど……』

そして一瞬迷ったように言葉をとぎらせてから、強い口調で、

『雅樹がゲイで、あなたがその恋人だっていうの、本当？』

まさか、こんなことになるとは。心の準備のなかった僕は、かすれた声で、

「はい……本当です……」

しばらく続く沈黙。しのぶさんの動揺が、電話からつたわってくる。

雅樹が言ってた、ゲイに対する攻撃的な意見や、彼と別れてくれ、という言葉は、これから言われるんだろうか？

だけど、きっと、彼女には言う権利がある。

だってそうだよね。偏見だけじゃなく、そのことで彼女は爆弾を抱《かか》えているようなものだ。

彼女の家族は、歳の差も、離婚歴も、義理の息子ができることも、やっと認めてくれたんだろう。その上に、今度は義理の息子がゲイだったなんて……。

世間に、特にモラルを大切にする人々に、それを認めさせるのは不可能に近いような気がする。

彼女の家族に知れたら、圭吾さんとしのぶさんの結婚自体が、あぶなくなるかもしれない。

『……そう。本当のことなのね』

受話器からもれる、彼女のつぶやくような声。

『そうよね。雅樹は怒ると怖いし、いじわるだったりするけど、ウソだけはつかないのよ』

この人は、僕より雅樹を知っている。そして、彼を信じてあげている。

きっと、彼の家族になるのに相応《ふさわ》しい人だ。

僕は……僕は、どうなんだろう？

彼女は、なにかを考えこんでいるような声で、

『明日の午後、あなたを正式に紹介したいって、今、雅樹から連絡がはいったんだけど』

「……はい」

断りたいと言うんだろうか？　僕は、拒絶の言葉を待って、身を固くする。

『その前にあなたと二人だけで話がしたいの。明日の朝、わたしが泊まっているホテルのカフェまで来てくれないかしら？』

……お断りの言葉は、明日まで持ち越しか……。

彼女は、ホテルの名前を告げる。友達の結婚式でも行ったことがないような、超高級ホテルだ。

「うかがいます。何時に行けばよろしいですか？」

『九時に。朝食をご一緒しましょう』

「はい、九時に」

じゃ、明日……という言葉を残して、電話が切れる。

僕は急いで立ちあがり、部屋にあるありったけの目覚まし時計を、六時に鳴るように合わせる。

テレビとオーディオの目覚まし機能もセットしている僕を、こたつに首まで入ってうとうとしていた悠太郎が見上げて、

「六時？　オレ、もっと遅くていいよお」

「起きるのは、僕。彼女が、朝のうちに二人だけで会いたいって。遅刻したら一巻の終わりだ」

起き上がった悠太郎が、はげますように僕の肩をたたいてから、

「遅刻したら一巻の終わりなのは、オレも一緒だ。頼むから、オレが起きる前に目覚ましを止めないでくれよ！」

5・Wednesday

朝のさわやかな陽《ひ》がさしこんでるカフェには、食器のぶつかりあう音が微《かす》かに響いている。

コロニアル風の雰囲気でたっぷりと間隔をとったテーブルの間には、大きく育った南国の観葉植物の鉢《はち》が置かれて、真っ白いテーブルクロスの上に影を揺らしている。

お客さんに日本人はあまり見当たらず、聞こえてくるのも英語が多い。

日本というよりは、シンガポールかどこかの高級ホテルにでも来てしまったみたいだ。

優雅なデザインのシルバーのカトラリーとシュガーポット、クリーマーのセットは、よく磨《みが》かれて、キラキラと日差しを反射する。

ウエイターが注《つ》いでいってくれたコーヒーも、高いだけあってさすがに美味《おい》しい。

僕は、彼女の指定したホテルのカフェにいた。約束の時間まであと三十分。

緊張するとつい早く来てしまう。コーヒーだけ頼んで、硬直したまま時間をつぶしている。

何を着ていいのか解《わか》らなくて、一応スーツにネクタイで来てしまったけど、僕は早くも後悔し始めていた。

こんな所にいるのは観光客だけかと思っていたのに、意外にビジネスマンも多い。

海外からの出張って感じで英字の経済新聞なんかを広げてたりするけど、こんないいホテルに泊まってる人たちは、さすがエグゼクティブ。日本の出張サラリーマンオヤジなんかとは、全然違う。スーツの着こなしも物腰も、物慣れていて、うーん。かっこいいなあ。

ひとつ置いたテーブルの、金髪のビジネスマンが新聞ごしにチラチラこっちを見てる。

こんな若造が、何しに来たって思われてるのかな。やっぱり僕って浮きまくってる？

そういえば、黒川《くろかわ》チーフも海外で仕事していたエグゼクティブなんだよね。

ガヴァエッリ氏なんか、日本支社に来たばかりで住む家を物色中の、ホテル住まい。

あの人のことだから、安ホテルに滞在しているわけがない。まさに毎朝、この世界なんだよね。

そういえば、どのへんのホテルに泊まってるんだろう？

「……アキヤ？」

低い声で呼ばれて、僕は慌てて見回す。こんなところに、知っている人がいるわけがない。

聞き違いかと思ったんだけど……。

「ガ、ガヴァエッリ・チーフ……？」

僕の前には、アントニオ・ガヴァエッリ氏本人が立っていた。

いつものように、高そうなスーツを一分《いちぶ》の隙《すき》もなく着こなして、手にはブリーフケースと数紙の新聞。英字の新聞に混ざって日経もある。さすが。

まさにヤング・エグゼクティブの見本のような彼は、僕の正面の椅子《いす》を引いてどっかりと

座ると、面白そうに笑って、

「ビジネスマンどもが落ち着かないと思ったら、君か」

「……は？」

「あの金髪は、雅樹《まさき》と同類だ。口説《くど》かれないように、気をつけたほうがいいな」

面白そうにささやく。

「あの……同類って？　口説く？」

「いい。わからなければ、気にするな。日本語は難しいな、アキヤ」

なんだか妙に楽しそうに笑っている。彼の日本語は、時々よく解らないんだよね。

これだけ流暢《りゅうちょう》に話してるんだから、彼のほうが僕より言語能力は上に決まってるけどさ。

「……ガヴァエッツリ・チーフが、このホテルに泊まっていらっしゃるとは思いませんでした」

僕が言うと、彼は片頬《かたほお》で笑って、洗練された仕草で腕時計を覗《のぞ》きこむ。

「代休をもらっている誰かさんと違って、会社に行かなければならない。ゆっくり朝食をとる暇《ひま》もないけれどね。コーヒー一杯だけ飲ませてもらおう。今日は、こうるさいマサキも休みだし」

ウエイターを呼ぶと、エスプレッソを注文する。僕の方に向き直って、

「誰と待ち合わせだ？　休みの日に、こんな朝からスーツなんか着込んで」

「いえ、あの……」

僕は笑ってごまかして、

「そういえば、黒川チーフ、午前中は出社するって言ってましたけど」

「なに」

ガヴァエッリ氏は、やばい、という顔で眉《まゆ》をしかめて、

「遅刻すると、あいつはコワいからな。ますますゆっくりできないじゃないか」

この天下無敵のガヴァエッリ氏も、雅樹には頭があがらないらしい。

けっこう笑えるコンビなんだよね、この二人。

彼は、運ばれてきた熱そうなエスプレッソを、ちびちび飲みながら、

「マサキはなぜわざわざ出社するんだ？　てっきり朝からアキヤとデートかと思ったのに」

僕と黒川チーフの関係を知っているわけはないと思うけど、この人はたまにアセることを言う。

流れる冷や汗に気付かれないように、平静を保ちつつ、

「用事があって、午後からお会いする予定ですけど。その前に、悠太郎《ゆうたろう》の〆切《しめきり》がどうとか……」

「ああ、ユウタロの。あいつ、何度も〆切を延ばしやがって、今日こそは逃がさないぞ」

にやりと笑う。うわ。こわ。

……やばい！　そういえば、慌てて目覚ましを止めて来てしまった！

悠太郎はちゃんと起きて行ったかな？　この上遅刻したら、大変なことになりそう。心配だ……。

カップを置いたガヴァエッツリ氏は、ウエイターを呼んで伝票にサインをすると、

「邪魔したな。君の連れのぶんもおごるよ。せいぜい浮気を楽しむといい」

にやにや笑って、またワケの解らないことを言う。僕はアセりつつ、

「いえ、悪いです。そんなおごってもらっちゃ……」

彼は肩をすくめて、

「経費で落ちる。会社が、君達の給料からかすめ取った分だ。遠慮することはない」

皮肉な笑いを浮かべて立ち上がる。

「Ａｎｔｏｎｉｏ《アントーニオ》！」

外国語の発音で、ガヴァエッツリ氏の名前が呼ばれ、僕の目の前を真っ白い人影が横切る。

いきなりガヴァエッツリ氏と抱き合って、頬にキスし合っている。な、何なんだ？

「Ｂｕｏｎ《ブオン》　ｇｉｏｒｎｏ《ジョールノ》（おはよう）！　シノブ！　今朝も、相変わらず綺麗《きれい》だよ」

さすがイタリア人。僕ら男に接する時とは、態度が違う。

スマートな仕草でしのぶさんの手を取って、貴婦人にするように唇をつける。

「こんな美人と結婚できるなんて、マサキの父親は世界一の幸せ者だ」

熱い目で見つめながら、甘い声でささやく。うーん。これが本場の色男ってやつかあ。アントニオ・ガヴァエッリ氏は、雅樹がイタリアにいる頃からの上司だから、しのぶさんと知り合いでもおかしくない……この人に聞いていれば、あんな騒ぎにならずにすんだのかもしれないな……。

慣れたもので、にっこり笑って受け流したしのぶさんが、ふと僕のほうを振り向く。僕は、反射的に立ち上がってしまう。そうだ、見とれてる場合じゃなかったんだ。

彼女は、僕を見つめて、その顔から笑いを消す。

……ああ……その冷たい視線に座り込んでしまいそうになるのを抑えて、

「おはようございます」

頭を下げる僕に、ガヴァエッリ氏が笑って、

「マサキの母上になる人とご会食とはね。休暇を有効に使っているようだな、ミスター・シノハラ」

しのぶさんとしばらくイタリア語で話してから、僕に向かって、

「ご希望通り、マサキは昼までで帰してやる。そのかわり、あの婚約指輪のラフは、休暇明けの午前中に提出すること」

「は、はい」

まずいところで会っちゃったのかな。でも、今朝ほど彼の存在をありがたく感じたことは

はい。

できることなら、彼女と二人きりになるのは、もうちょっとあとにしたい。

なのにガヴァエッツリ氏は、人の気も知らずに踵《きびす》を返すと、さっさとカフェから消える。

不安を抑えて振り向くと、メニューを持ったしのぶさんが、冷たい目で見上げてる。

僕は、あきらめて腰をおろす。

彼女は、近寄って来たウエイターに紅茶だけを頼んで、

「朝食は、話がすんでからにするわ。あなたは？」

「はい。僕もそれでけっこうです」

はっきり言って、食欲なんて全然ない。

「雅樹とは、いつから？」

運ばれて来たアールグレイを一口飲んで、彼女は冷静な口調で言う。

いきなりきたか。僕は、尋問《じんもん》を受ける容疑者の気分。

「……ひと月ほど前からです」

「ひと月？」

彼女は驚いたように、

「だって、雅樹は、イタリアにいる頃から、あなたのこと……」

そういえば、雅樹が言っていたことがあった。

イタリア本社にいる頃に、僕がデザインして雑誌に載った作品を見て作者に興味をもったこと。

そして、その作者だった僕に会ってみたくて、日本支社へ視察に同行して来たこと。

そして雅樹は、僕に恋をしたって言ってた。あの時から彼を忘れられなくなってた僕も、きっと彼に恋してた。そして、お互いの気持ちを確かめあえてから、まだたった……ひと月。

しのぶさんは、黙っている僕を見つめて、

「イタリアにいる頃、雅樹はあなたの描いたデザイン画を枕元に飾っていたのよ。まるで恋人の写真かなにかみたいに、大切に写真立てに入れて。知ってた？」

「……いいえ」

知らなかった。その頃から、僕の作品をそんなに大切に思ってくれていたなんて。

しのぶさんは、大きな目で心の奥まで見透かそうとするかのように、僕をじっと見つめる。

「雅樹は、デザインに関しては信じられないほどプライドが高いの。てっきり自分の作品を飾っていると思ったのに、サインを見て驚いたわ。全然無名の、日本人だったから」

僕だって、彼から、僕が作り出す作品が好きだと言われた時には驚いた。

普段あんまり身近にいるから忘れてるけど、雅樹は、何度も大きなデザインコンテストで賞を取っている。日本人では数少ない、世界に通用するデザイナー。ジュエリー業界では有名な人だ。

初めて彼に会った時には、僕なんか興奮しすぎて、仕事中にサインを求めてしまったほど。本当なら、僕みたいに平凡なデザイナーなんか、おそれ多くて近寄れないような人なんだよね。

「あなたに会いたいと言って日本に視察に来た後は、雅樹はまるで人が変わったみたいだったわ」

「人が変わった……というと……？」

僕に会ったせいで、変な人になっちゃってたらどうしよう。

「雅樹は、デザインの才能はあるし、そのうえ努力家でしょう？」

しのぶさんが、少し誇らしげに言う。僕は文句無しでうなずく。

「ルックスだってあのとおりで、スマートだし、ハンサムだし、紳士的だし、何だって器用にこなすし、もう、母親になるわたしから見ても、文句無しのイイ男なのよ」

彼女の声に、力がこもってる。そうとう雅樹をお気に入りなんだな。

「圭吾《けいご》さんの紹介で初めて雅樹に会ったのは、二年ほど前。その時は、ただイイ男としか思わなかった。親切だし、申し分ない義理の息子だって。だけど雅樹と親しくなるにつれて、本当の彼も見えるようになった」

二年……しのぶさんは、僕なんかよりよっぽど前から、雅樹を知っているんだ。

「普通の人は、雅樹の格好のいい面だけを見て憧《あこが》れたりするけれど、本当の彼はそうじゃないの」

……本当の、彼？　……僕には果たして、それがわかっているんだろうか？

「あなたに会う前の彼は、いつも何かと戦っているみたいだったわ」

しのぶさんの顔は、真剣だった。

「頑固《がんこ》、神経質、完璧《かんぺき》主義。誰かに負けることが我慢できない。でも、そんな自分にいつも苦しんでた」

雅樹からも、そういう話を聞いたことがある。しのぶさんは僕の顔を覗きこんで、

「今はどう？　あなたは、雅樹をどう思ってるの？」

しのぶさんは、僕らの関係を頭ごなしに否定しているわけではないみたいだ。

「彼は、素晴らしい上司です。デザインに関しては完璧をめざしていて厳しいですが、仕事のやり方も能率的だし、部下の僕らのことを考えてくれています。彼の下で仕事をすることは……」

「そんなことを聞いてるんじゃないの」

しのぶさんが、僕の言葉をきっぱりとさえぎる。厳しい目で僕を見上げて、

「あなたが、彼をどう思ってるかを聞いてるのよ」

「僕が……ですか」

僕は言葉を切って、日を伏せる。彼女は曖昧《あいまい》な言葉でごまかされる人じゃない。

「彼は、優しい人です。僕はそう思います」

……何を言ってるんだろう。彼を本気で愛しているんです、そう言えばいいのは、解っているのに。

「彼の自分に厳しい生き方は、僕の憧れであり目標でもあります……」

だけど、まだ捨て切れない迷いが、僕に無難な言葉を選ばせる。

彼を愛してる。一緒にいられるだけで幸せだ。だけど、僕がそんなことを思うのは、間違っているのかもしれない。僕らは、とんでもない、許されないことをしているんじゃないだろうか？

彼女は本当に怒ったような目で、僕を睨みつける。しばらくしてから低い声で、

「いいお答えね。だけど、男と遊びでつきあうような人が言うことじゃないわ」

僕は一瞬、なにを言われたのか解らなかった。……男と？　遊びで？

……こんな蔑《さげす》みの言葉を自分に向けられたのは、僕は生まれて初めてだった……。

「わたし、ゲイって理解できない。男同士で愛しあうなんて。しかも遊びで」

彼女の吐き捨てる言葉の一つ一つが、鋭いガラスの破片のように僕の心臓に突き刺さる。

「あなたみたいな綺麗な男の子だったらきっとモテるんでしょうね。遊び相手にするつもりなら、雅樹じゃなくてもいいはずよ。彼は、いい加減な気持ちで恋をするような人じゃないの」

僕は声も出せずに、テーブルの下で震える指を握りしめた。

僕が初めて雅樹のものになった夜、彼は、君の人生は変わってしまう、と言った。

僕はそれでもいいと思った。

彼のものになりたかった。そうなれるなら、何にでも耐えられると思った。

だけど、僕には彼の言ったことの意味が、本当には解っていなかった。

偏見と、蔑みと、好奇の目……人生を変えてしまった僕には、それは一生つきまとうことになるだろう。

彼の言ったことの本当の意味……それは、こういうことだったんだ。

その意味が今、僕に重くのしかかる。

「雅樹がゲイだなんて知れたら、きっと圭吾さんとの結婚はダメになる。そうならないためには、わたしは自分の親に秘密をもつことになる。雅樹だってよくわかっているはずよ」

冷たい声。僕は凍り付いたように身動きひとつできない。

「雅樹は自分のことをゲイだって言ったけど、あなたに会わなければどうなっていたのかしら？　ただの思い込みで。いつか時期が来れば可愛《かわい》い彼女でも作って、忘れてしまったんじゃないの？」

声は怒っていたけど、彼女の顔は、必死で僕に懇願《こんがん》しているようだった。

「だけど雅樹はあなたに会って、本気になってしまった。誰にも告白しないだろうと思っていたのに、わたしに自分はゲイだって告白した。本気だから、自分達の関係を認めて欲しいって。

本当に血がつながったわけでもないわたしに、告白してくれたのよ。わたしを信用して、わたしが家族になることを認めてくれたのよ。わたしがどんなに感動したか、あなたにわかる？」

しのぶさんは、心まで見透かそうとするかのように、僕を見つめる。

「わたし、普通の人より耳がいいの。あなたがあの時言ったことを、聞いてしまったわ」

彼女は、僕が雅樹に別れを告げるのを聞いてしまったんだ。だからこんなに……。

「雅樹とあなたがケンカしようが何しようがわたしには関係ないけど、あなたを見てると雅樹が遊びで振り回されてるんじゃないかと思ってしまうわ。でなかったらあんな冷たい態度で、気まぐれに別れを告げたりできないはずよ」

彼女の目には、涙がにじんでいる。彼女は、雅樹のことを本当に大切に思っているんだ。

「しかも次の日には、恋人として紹介させてくれ、でしょう？　わたしもう、超、頭にきたわよ！」

……確かに、コトの経緯を知らない人からしたら、そう見えても仕方ないかも……。

「雅樹は一度、日本に視察に来たでしょう？　その後の雅樹はどうみたって恋をしてた。わたし、雅樹にあなたの描いたデザイン画を見せてもらった時から、相手はこのサインの人じゃないかと思ってた。名前は男だったけれど、どうしても相手がほかの人だとは思えなかった。その時から、雅樹は本当はゲイじゃないかと疑ってた」

雅樹は、彼女のことを鋭い人だと言っていたけれど、それは本当だ。

「雅樹は、せっかく努力してイタリアから入社したのに、あっさり日本支社に行くなんて言い出した。アントニオが止めていたけど、聞きはしなかったわ。わたしは、彼をそれほどまでに思い詰めさせた、あなたという人に興味をもった。あなたに会ってみたくて、オーダーの仕事を頼んだ。雅樹が認めるくらいだから、実力は十分でしょう。でも、雅樹が見せてくれたあのデザイン画よりも手を抜いたものを描くような人だったら、うんといじめてやろうと思ってたのよ。

だけどあなたは、仕事を一生懸命こなしてくれた。しかも仕事とは関係ない時にもわたしを助けに来てくれた。あの時、息子にしてもいいって言ったの、本気だったのに。告白してくれたら、認めてあげようと思ってたのに」

心臓が冷たくなっていく。彼女の言ってくれた大切な言葉を、僕は聞き流してしまったんだ。

「だけど、あなたを優しい人だなんて思った、わたしが間違ってた。あなたは本当は冷たい人なんだわ。でなきゃ、雅樹みたいに一生懸命な人を、遊びで振り回すなんてできないはずよ。雅樹は、わたしが本気で愛してる人の大事な息子なの。わたしの家族になるのよ……」

彼女は唇をかんで言葉を切ると、厳しい顔で僕を見つめた。

「遊びなら、雅樹と別れてちょうだい」

ああ……できることなら耳をふさいで、何も聞きたくない……。

「本気じゃないなら、遊びで彼を傷つけるなら、雅樹といますぐ別れてよ」

……ついに僕は、この言葉を言われてしまったんだ……。

「どうして反論しないの？」

挑《いど》むような目で、僕を見上げて、

「雅樹は、何時間もかけて、わたしを説得しようとしたわよ！」

彼女の長いまつげに囲まれた目から、涙の粒が転がり落ちる。

「反論したらどうなの？　遊びじゃないって、自分も雅樹と同じで本気だって、そう反論してよ！」

僕は、自分だって本気だ、と叫びそうになった。

だけど……。

雅樹は、僕さえいなければ、普通の人と同じ道を歩いていけるんだろうか？

僕さえいなくなれば、彼女でもつくって、皆に祝福される結婚をして、誰にも蔑まれたり反対されたりしない、普通の人生を送っていけるんだろうか？

そして目の前にいるこの人は、こんなに悲しそうに泣くこともなくなるんだろうか？

「……泣かないでください……」

呆然《ぼうぜん》とつぶやいた僕の声は、悲しみにかすれている。

彼女は怒ったように、乱暴にハンドバッグをかきまわし、

「なによ！　あんまり頭にきて、ハンカチも持たずに来ちゃったわ！　あなたのせいよ！」

僕は、ポケットからハンカチを出して彼女に差し出す。ちゃんとアイロンをかけておいて良かった。

「どうぞ。使ってください」

彼女はひったくるように奪い取り、ぐいぐい目をこする。

ハンカチについたアイライナーを見て、あわてて取り出した鏡を覗きこむ。

「もお、やだ。最低。メイクははげるし、おなかはすくし、どうしたらいいの？」

僕を見る顔は、道に迷った子供みたいだ。

きっと彼女は、あんな口調で人を非難するような人じゃない。

あんな口調で僕を責めたのはきっと、これから家族になる雅樹のことを大切に思うあまりなんだ。

僕は小さくため息をついて、心を決める。

彼女に、本当の気持ちを隠してもしかたない。話すだけ、話そう。

僕が雅樹をどういうふうに思っているか。どういう誤解をして、雅樹にあんなふうにして

しまったのか。

きっと反対されるのにかわりはないんだろうけど、どうせ最後になるなら……。

彼がいなかったら、きっと僕はもうだめだ。でも、そうなったほうが雅樹が幸せなら……。

僕はむりやり彼女に笑いかけて、

「大丈夫。メイクがなくても綺麗ですよ。……朝ごはんにしませんか？　僕もおなかがすきました」


「ブルーベリー・パンケーキ。卵はスパニッシュ・オムレツにして。ハッシュドポテトとベーコンを付けて。それからモーニングサラダとフレッシュ・トマトジュース。あと……」

メニューを見ながら、彼女がオーダーしている。ほとんどヤケ食いのノリだ。

注文し終わった彼女が、僕を睨みあげている。僕は、食欲ない、と思いつつ、

「グレープフルーツ。それから、コーヒーをもう一杯」

「ダメ！」

急に彼女が叫び、ウエイターも僕も飛び上がった。

「目を離すと全然食べないって、雅樹が心配してたわよ！　朝ゴハンはちゃんと食べなさい！」

「は、はい！　すみません！」

実家の母とでもいるみたいだ。僕は、あわててメニューを見直して、

「あ、あと、トーストとマッシュルーム・オムレツ」

彼女が満足げにうなずいて、

「いい選択。ここのオムレツは、すごく美味しいのよ」

「そうなんですか？」

メニューをウエイターに渡しながら言うと、彼女は興奮したような口調で、

「そう。あとこのホテルでは、イタリア料理屋がけっこうイケるのよ。だけど、わたしが作ったパスタにはかなわないわね。今度、雅樹と一緒にイタリアにいらっしゃいよ。あなたにも食べさせてあげ……」

急に言葉を切って、上目遣いに僕を睨む。

「……なに言ってるのかしら。わたしのこと、バカな女だと思ってるでしょう」

「まさか。そんなこと思っていません」

「うそよ。だって新宿であんな時間に来させるし、こんな所で泣くし。イタリアでも、圭吾さんに怒られてばっかり。道に迷ったり、お財布をすられたり。フィレンツェの街なら、何とか一人で歩けるようになったんだけど」

「いいえ、僕だって黒川チーフに怒られてばっかりですから。車に轢《ひ》かれそうになったり、

海に落ちそうになったり。ちゃんと食べなかったり、会社の仲間と遊び過ぎて寝不足だったり」

悲しい気持ちで笑いかけると、彼女もちょっと笑って、

「けっこう、おマヌケな人よね」

「あはは、そうなんです。きっと彼と一緒にいる資格なんて、ないですね」

彼女は真剣な顔で、僕を見つめて、

「わたしは言いたいこと、言ったのよ。けっこう勇気がいるのに。あなたも、ちゃんと言い返しなさいよ」


「信じてもらえないかもしれませんけど……」

僕は、オムレツを切り分けながら言う。

「僕は本気です。僕には彼だけで、彼がいなくなったらどうしたらいいかわかりません……あ、美味しい」

彼女が、パンケーキを頬張《ほおば》りながらうなずいて、

「美味しいでしょう？　それ、ほんとう？」

僕はフォークとナイフを置いて、落ち着こうと、大きく息をつく。

「ほんとうです。僕は彼と出会うまで、ゲイというものですらなかったんです」

自分のプライバシーに関することを誰かに話すのは、思ったよりも勇気がいる。

「あなたが、僕を冷たい人間だと言ったのは、間違いではありません。僕は今まで、誰にも特別な感情を持ったことがなかったんです。この歳《とし》になるまでずっとです。女の人にも、もちろん、男にも」

「誰にも？　女の子と付き合ったりはしなかったの？」

「しましたけど、ある日気付いたんです。僕がその人に対して抱《いだ》いている感情は、ほかの友達に対する友情の気持ちと全然かわりない。僕は、本当は、誰にも恋をしたことがないんだって」

彼女は、ぼんやりと考え込みながら、僕の顔を見ている。

「僕が生まれて初めて、誰かに特別な感情を抱いたのは……黒川チーフに対してだったんです」

「雅樹に？　生まれて初めて？」

「はい。生まれて初めて、自分は恋をしているんだと思いました。そして、これからも彼だけのような気がします」

彼女が、夢から覚めた人のように激しくまばたきをして、

「じゃ、彼と別れたとしたら、あなたはどうなるの？」

僕は、力なく苦笑いして、

「さあ。よくわかりません。でも、きっとダメになるんでしょう。なんだか情けないですけど」

自分で言ってて本当に情けなくなってくる。

ぼんやりとコーヒーカップを口に運ぶ僕を、彼女がいぶかしげな目で見上げて、

「じゃ、どうしてあの時、別れようなんて言ったの？　ただのケンカであんなことを口にするのはよくないわ。だって、あなた本気で雅樹を好きなんでしょう？」

「いや、それは……」

ごまかそうとした僕を、彼女がコワい顔で睨んで、

「あなたは、まだわたしに格好悪いところを見せるのをイヤがってる。プライドを守りたいのもわかるけど、それじゃ、誤解されても仕方ないわよ」

痛いところをつかれた僕は、抵抗するのをあきらめて、

「黒川チーフには、ほかに好きな人がいる……」

「うそ！」

「……と、思ったんです」

叫んでしまった彼女は、ちょっと赤面して、

「そんな人、いるわけないでしょ。あんなに格好つけたがりの雅樹が、あなたの前では、た

だの恋する男になってるじゃない。あなたのことで、いちいち落ち込んだり嬉《うれ》しがったり。もう格好悪いったらないわ。でも仕方ないわよね。それが恋ってものだものね」

彼女は、急に拳《こぶし》を振り上げると、

「それに浮気相手なんて、殴って追い払っちゃえばいいのよ！　本気で好きなら、それくらいしたっていいじゃない！」

女の子っぽい理屈が妙に可愛くて、僕は思わず笑ってしまう。

「そうはいきません。それに僕は、黒川チーフに婚約者がいると思ったんです。僕のほうが浮気相手ですよ」

「婚約者……？　じゃ、誤解のもとになった相手は、女？」

「そうです。どうがんばったって僕は女の人にはかなわないと思いました。彼が婚約指輪を贈って、誰からも祝福されて結婚できるのは、彼女なんだと思ったんです」

「だからって、あっさりあきらめるの？　その女が憎たらしくないわけ？」

「そういう感情が、なかったと言えば嘘《うそ》になります……」

当の本人を前にした僕は心の中で、すみません、と付け足しながら、

「でも、僕は彼女のことを人間的に好きなんです。だからこそ、彼女に対してそういう汚い感情を持った自分を許せなかったんです。そんな汚い自分は、彼には相応しくないと思いました」

彼女はテーブルに頬杖《ほおづえ》をついて、僕の目をまっすぐに覗きこむ。

「ねえ。雅樹のこと本当に好き？」

「はい。本当に好きです」

「ほんとね？　ほんとに本気で好き？」

「はい。ほんとに本気で好きです」

その言葉にうなずいて、彼女はまた、ちょっと涙ぐむ。

「そう。その言葉さえ聞ければ、もういいの。ひどいこと言って、ごめんなさい」

「いえ、そんな」

僕は、慌てて言う。

「僕の方こそ、あなたにも雅樹さんにも迷惑を……」

「もういいって言ってるでしょう？　ほんと言うと、わたし、あなたも雅樹も気に入ってるの。ゲイってものは理解できないけど、二人とも幸せになってくれたらいいと思ってる。ほんとよ」

僕は、その言葉を聞いて、なんだか久しぶりに感動してしまう。

彼女は僕の貸してあげたハンカチで、ぐい、と涙を拭《ふ》くと急に元気になって、

「だけど人騒がせな女よね。そいつのせいで、大騒ぎになったと思わない？　誰なの、それ？」

……まさか、あなたですとは、言えないよね。

「いえ、単なる誤解だったんで……」

だから、名前は伏せさせてもらおう。彼女はすねたように唇をとがらせて、

「何だかうらやましい。わたしも、こんな美形の男の子に、そんなふうに好きだなんて言われてみたいわ！」


僕としのぶさんは、天王洲《てんのうず》にある雅樹のマンションにいた。

彼の部屋は黒とステンレス・シルバーで統一された、シンプルな空間だ。

大理石の床に、コンクリートの打ち放しの壁。天井まで開いた一面の窓から見下ろせる東京湾。

いつもは、建築かインテリアの雑誌にでも出てきそうなほどの格好よさなんだけど……。

「これは……」

そこでパーティーでもひらけそうなほど広いリビングには、几帳面《きちょうめん》な雅樹の性格を反映して、モノトーンの調和をくずすものはシリアルの箱一つない……はずなんだけど……。

「……まさか、空き巣？」

と思わず言ってしまうほどの、メチャクチャな散らかりようだ。

高級な黒革のソファーにはたくさんのドレスが広げられ、それに合わせた靴が床にたくさん転がっている。

ルイ・ヴィトンの船旅用の巨大トランクから、女物のスーツやら何やらが溢《あふ》れ出している。

磨きあげられた床には、イタリアからのおみやげらしい謎《なぞ》の包みがたくさん。

そして、日本からのおみやげらしいデパートの紙袋の山。

とどめにリビングの入口には巨大テディーベア。こんなもの、どうやって持って帰るんだろう？

几帳面な雅樹が、この惨状《さんじょう》をよく我慢したな。まあ、相手がしのぶさんじゃ、何も言えないか。

「かわいいでしょ」

立ったまま途方にくれて、テディーベアの頭に触った僕に、しのぶさんが笑いかける。

「アントニオのママにおみやげ。彼女、テディーベア・マニアなの」

「アントニオって……ガヴァエッツリ・チーフのお母さんですか？」

ガヴァエッツリ氏のお母さんといったら、ガヴァエッツリの現社長の奥さんで……ガヴァエッツリ一族といえば、ヨーロッパ、いや、世界に名だたる大富豪で……テディーベア・マニア？

「ガヴァエッツリの社長夫人と、お知り合いなんですか？」

アントニオ氏とは知り合いだっておかしくないけど、その、お母さんまで？

おそるおそる聞いた僕に、彼女は笑って、

「わたしに料理を教えてくれてるの。彼女、娘がいないから、可愛がってくれてるのよ」

たしかにガヴァエッツリ氏には、お兄さんが一人いるだけだ。

「一緒にテニスに行ったり、ホームパーティーをしたり、ほら、彼女の旦那《だんな》様も、仕事が忙しいじゃない？　もうちょっとヒマになればいいのに」

……社長がヒマになったら、社員である僕たちは、今度こそ失業だよね。

「この間も、わたしと圭吾さんの婚約披露《ひろう》パーティーをしてくれたのよ。ゲストは……」

招待客の名前は、とんでもない有名人や、とんでもない富豪や……それだけでも僕は腰を抜かしそうだったのに、あまりにも彼女があっさりと口にするので、僕はいまさらながら思い知った。

なんだか、とんでもない人とお知り合いになってしまった……。

「ねえ、今夜、友達が婚約を祝ってパーティーを開いてくれるの。あなたも来なさいね」

ええ？　そんなものに僕が……？

「いえ、僕は……」

お金持ちの人たちの集まりには、庶民の僕はちょっと……。

「圭吾さんは仕事で来られなかったし、雅樹はパーティー嫌いだし、あなたなら見栄えがするし」

そんな。どういう理由？

「僕も仕事があるので……ガヴァエッツリ・チーフがツノ出して、ラフを待ってますから」

「今朝の、婚約指輪っていってたやつ？　それなら……」

ドン、ドン！

部屋のドアが外から叩《たた》かれてる。彼の部屋には、その音が嫌いだという理由でドアチャイムがない。合鍵《あいかぎ》がないと頑丈《がんじょう》な黒鉄《くろがね》のドアを叩くしかないんだよね。

時計を見ると、午後一時ジャスト。雅樹が帰って来ると言った時間だ。

「しのぶさん、雅樹です」

外で叫んでいる。鍵は持ってるだろうに、気を使っているんだな。しのぶさんが僕を見上げて、

「開けてやって。わたし紅茶いれてあげる」

すっかり自分の部屋のように物慣れた様子で、リビングとバーカウンターで仕切られた、キッチンスペースに入って行く。

僕は廊下に出ると、リビングとの境のドアをそっと閉める。

慌てて玄関に走っていって靴を履き、ドアを開ける。

そこは、狭めのエレベーターホール。そして、僕の恋人が立っている。

仕立てのいいスーツと、上等のカシミヤのコートに包まれた長身。

地下の駐車スペースからあわてて来たんだろう。髪が乱れて、額に落ちかかってる。少し心配そうな表情を浮かべて見下ろしてくるのは、男っぽくて、モデルみたいにハンサムな顔。

深い色合いの優しい目。

「……雅樹……」

ああ。僕は、こんなに愛《いと》しい人を、もうすこしで失うところだったんだ。

「……雅樹……僕は……」

僕は、彼の背中にそっと手をまわす。あたたかい胸に顔をうずめると、

「……僕は、あなたのことを、ほんとの本気で愛してます……」

呆然と立っている雅樹の後ろで、ゆっくりとドアが閉まる。

「晶也《あきや》？」

抱きしめられて、彼の鼓動が伝わってくる。

「アントニオから聞いた。面接試験は、もう終わってしまったみたいだね」

「はい」

僕のあごにそっと指が触れ、顔をあげると、深刻な顔が覗きこんでいる。

「結果は？」

「ギリギリで、内定通知だけはもらえたみたいです」

僕が笑いかけると、彼は深いため息をついて、生きた心地がしなかった……」

「……よかった。仕事をしながら、生きた心地がしなかった……」

「あ、そういえば、悠太郎は……」

彼の美しい指が、僕の唇にそっと触れて黙らせる。そこから、全身に甘い痺《しび》れが広がっていく。

「……俺の腕の中で、ほかの男の話なんかしないこと」

恋をしている男の顔。雅樹の瞳に映る僕も、きっと同じ表情を浮かべているはずだ。

「……俺も愛しているよ、晶也……」

低い声で囁《ささや》いて、ゆっくりと彼の唇がおりてくる。僕はそれが触れるのを待って、目を閉じ……。

「晶也！　あなた、紅茶は、レモンとミルクとどっちが……」

突然、リビングからのドアが開き、しのぶさんが顔を出す。

「うわああ！　どっちもいりませーん！」

雅樹の胸に腕をつっぱっている僕を、しのぶさんは、わざわざ近くまで来て見上げて、

「じゃあ、キッチンにある、あの大量のレモンは何に使うの？」

からかうように聞かれて、僕の顔にどわっと血が上る。

「い、いえ、あれは……」

……まさか言えない。

セックスの時に声を出し過ぎてのどをからしてしまう僕のために、雅樹が作ってくれるホットレモネード用だなんて……。

「あれは晶也のものだから、触ってはいけないと言ったはずです」

雅樹が、しのぶさんに向かって、子供にするように言い聞かせている。

「それとロフトへの階段は上らないこと。守れないなら放《ほう》り出します。わかりましたね？」

「わかったけどー。一段も上がるな、なんて変よ。ねえ、晶也、階段に何か意味があるの？」

雅樹は、感じすぎて腰砕《くだ》けになった僕を抱いて下りるための階段だと言ってはばからない。だから、お客さんの誰にも上がらせようとしないんだ。だけどそんなこと、言えるわけないよ……。

「大量のレモン、早く食べないと傷んじゃうわよ」

「大丈夫。今夜中には、全部なくなる予定です。いや、足りなくなるかもしれないな」

雅樹の言葉に、僕はアセりまくって暴れる。頼むから、僕の身体《からだ》にまわした手を離して欲しい。

「まあ、いいわ。それより雅樹、今夜、晶也を借りたいんだけど」

ちょっと待ってくださいよ。見上げる僕に、わかっている、という顔をした雅樹が、

「だめです。晶也には、大切な仕事があります」

そうそう。男にとって仕事は大切だよ。うなずいている僕を見下ろした雅樹が、にやりと笑う。

「今夜一晩かけて、終わらせる仕事が、ね」

……うっ！　このイミシンな笑いは……！　雅樹は車のキーを振って、

「パーティー会場まで送りますから。お帰りの際は、タクシーでホテルにどうぞ」

「なによー！　冷たいんじゃないの？」

プンプン怒ってリビングに消えようとしたしのぶさんが、ふと僕のほうを振り向いて、

「せっかく、独身女性がたくさん集まるのに。婚約指輪についての意見を聞くには、もってこいだと思うわよ。そういうのも仕事のうちじゃないの？」

……それはそうかも……。

考え込む僕を、雅樹がにらんでる。行きたいなんて言い出したら、あとで大変な目に遭いそう。


しかし。雅樹の反対意見にもかかわらず、僕らはパーティーに来ていた。

会場になっているのは、湾岸にあるチャイニーズ・レストラン。

湾に向かって大きく開いた窓から、水面《みなも》に夜景が映ってキラキラ光っているのが見える。

内装の基本はモダン。黒い石張りの床と、二階まで吹き抜けにした高い天井。赤を基調にしたシノワズリーなインテリアと合わせて、お洒落《しゃれ》にまとめてある。

この景色《けしき》と内装だと、なんだか香港のセレブが集まったパーティーにでも来てしまったみたい。

ピアノが古いジャズのナンバーを奏《かな》でる音が、人々のさざめきの中をぬって流れていく。集まっている人数は、百人を越えているだろう。だけど全員が彼女の友達というよりは、そのまた友達も呼んだみたいな、気軽な雰囲気。お洒落をした人も、会社帰りの普段着の人もいる。

もっと年上の人が集まる格式ばったパーティーを想像していた僕は、ちょっとホッとしていた。

ほとんど僕と同年代くらいの若い人ばかり。そして、皆、それぞれに楽しんでいる。

僕はその間をぬっていく今夜の主役にくっついて歩き、メモを片手にインタビューをしている。

「ガヴェエッリの婚約指輪なんて、贅沢《ぜいたく》すぎて買えないわ。オーグーには憧れるけど」

「自分だけのデザインってポイント高いわよね。あなたは、どういうのにしたんだっけ？」

「わたし、いかにも婚約指輪って感じの立爪にしたんだけど、結婚式が終わってから一度もつけてないわよ。だって、それしか持ってませんって言ってるみたいじゃない？」

女の子たちはおもしろがって、けっこういろいろなことを言ってくれる。

「もうデザインなんか何でもいいわ！　三キャラットくらいのをくれる男の人、いないかしら？」

「いない、いない。ねえ、篠原《しのはら》君は、フリー？」

酔っ払った子にしなだれかかられたところを、女の子達に囲まれた雅樹が睨んでる。

いつでも紳士的な姿勢をくずさないのがモットーの彼は、愛想良く応対してるみたいだけど……ああ、やばい。彼の額の横には、くっきりと怒りマークが……。

「晶也は、売約済みよ」

しのぶさんが、助けてくれる。

「しのぶ、まさかあんたが、ツバメさんに狙《ねら》ってるんじゃないでしょうね？」

「そうよ。よくわかったわね」

女の子たちが、キャーキャー笑って、

「しのぶ、ズルい！　圭吾さんでしょ、息子の雅樹さんでしょ、そのうえ篠原君まで？」

「イイ男を独占すると、バチがあたるわよ！　ねえ、篠原君、わたしじゃ、ダメ？」

僕は、すっかり酒の肴《さかな》状態にされている。はいはい、もう好きにしてください。

彼女たちのパワーには押されぎみだけど、皆、しのぶさんのことを本当に喜んであげてるのがわかる。友達ってやっぱりありがたいよね。

「あの……彼女たちは、しのぶさんの……」

何かの準備があると言いながらしのぶさんとその友人たちが消え、見回すと雅樹の姿も見えない。

僕は、隣に残った女の人に話しかける。彼女はシャンパンのグラスを傾けながら、

「ああ、彼女たちは、しのぶの大学時代の友人よ」

美人だし若く見えるけど、歳は四十歳くらいかな。しのぶさんは、この人を先生と呼んでいたみたいだ。

学校時代の恩師だろうか？　それにしちゃ……。

「しのぶは中退してイタリアに行ってしまったけれどね。まったく。男のためにせっかくの才能を無駄にするなんて。まあ、それが恋ってものかしらね」

あきれたような言い方が、なんだかしのぶさんによく似ている。彼女は学校の先生ってタイプじゃないみたいだ。ボブカットにぴったりした黒のロングドレス。歳は離れてるけどしのぶさんと仲がいいみたいだ……名前は、さっき聞いたはずで……。

「ええと……榊原《さかきばら》さんは、しのぶさんの何の先生なんですか？」

彼女は僕を見て、にっこり笑うと、

「もうすぐわかるわよ」

見下ろしたフロアの一角に椅子が並べられて、調弦が始まっている。

僕と雅樹は、ひと気のない中二階のバルコニーのソファーを、二人だけで占領していた。

「しのぶさんって、音楽大学に行ってたんですか？　あの人達、大学時代の友達だって」

僕は、けっこう驚いていた。そんな話、一言も出なかったから。

「そうだよ。そういえば晶也、榊原女史と話していたね」

下にいる人々を見下ろして、雅樹が言う。

「榊原さんをご存じなんですか？」

当の榊原さんが、しのぶさんと話しているのが見える。雅樹は眉をしかめて、

「うちに怒鳴り込まれたことがある」

「ええ？　ま、まさか、あなたの昔のカノジョとかいうんじゃ……」

僕の言葉に、雅樹は手で顔を覆《おお》って深いため息をつくと、

「……頼むから、それはもうかんべんしてくれ。そうじゃなく、しのぶさんと親父《おやじ》のことでね」

彼は顔を上げると、ちょっと面白そうに笑って、

「親父が、『遊びで付き合っているなら、しのぶと別れろ』と怒鳴られた」

えええ？　それってまるで今朝の……僕……。

「同じことを晶也が言われていないか、今朝は心配したよ」

しっかり言われましたけど……。

「まあ、不真面目《ふまじめ》な親父がそれがきっかけで結婚を決めたんだから、彼女には感謝しなくては」

「僕は、不真面目なことは……してません……けど」

「思い出してしまった」

雅樹が横目で睨んでる。

「あの時、君はベッドの上で悠太郎と……」

「な、な、何にもしてませんてば……あ、ほら、はじまります」

レストランの照明が消え、明かりはスポットライトだけに落とされる。

男女混合の十人ほどで、仲のいい友達で編成されたミニ・オーケストラという感じ。だけど、楽器を手にした彼らは、さっきまでとは顔つきが違う。彼らには、いいようのない迫力がある。僕には音楽のことはよく解らないけど、彼らは生半可《なまはんか》に取り組んでいる人達じゃ、なさそうだな。

スポットライトの中に、真っ白いミニドレスで、プレ花嫁といった感じのしのぶさんが入って来る。大きな拍手《はくしゅ》がわく。彼女の手には、楽器が見えない。……もしかして……、

「しのぶさんは、声楽をやっていたんですか？」

そういえば、あの押し殺したような、ありすぎる声量を抑えながら話す話し方には聞き覚えがあった。声楽をやっていた友達が、あんな感じだったっけ。

隣にいる雅樹が、暗がりの中で囁く。

「そう。だがイタリアに行く時にやめてしまった。彼女は自分の才能より、結婚を選んだんだ」

観客の間に静寂《せいじゃく》が戻ると共に、静かな音で前奏が始まる。

しのぶさんの顔が凜々《りり》しくひきしまり、シフォンに包まれた細い腕がなにかを抱きしめようとするかのように上がる。

彼女の唇から流れるのは、その細い身体から出てくるとは思えないほど、深く厚みのある歌声。

祈《いの》りを捧《ささ》げるような一定の旋律《せんりつ》から、静かに、そしてやすやすと高音域に上がっていく。

歌っているというより、彼女の身体が一つの楽器になってしまったようだ。全身を共鳴させ、美しい振動を空気に伝わらせて、聞いている全《すべ》ての人の心臓までも震わせる。

僕は、暗闇《くらやみ》の中で目を閉じる。

聖堂の中に立っているイメージ。濡《ぬ》れたような乳白色の光を放つ、大理石の彫刻が見下ろしている。繊細《せんさい》な彫刻を施《ほどこ》された柱。天井と壁を覆い尽くすフレスコ画の、歴史の深さに沈んだ色彩。その中で、祭壇《さいだん》をいろどる金彩だけが鮮《あざ》やかに浮かび上がる。天井から差し込む

光がまるで天使のような白い帯を作って、彼女と……そして彼女の愛する人を照らしだしている。

僕の夢を壊さないようにするかのように、そっと雅樹の手が僕の肩を抱き寄せる。

僕の愛する人はここにいる。同じ海の底にいるように音の波に包まれ、心を揺らしている。

肩に置かれた手がゆっくりと首筋をたどり、僕のあごに触れる。

僕の顔は暗闇に向けて仰向《あおむ》かされ、唇が温かいものでふさがれる。

僕らは何かを誓い合うように、長い、そして静かなキスをかわした。


盛大な拍手が続く中、僕らは人ごみをぬってしのぶさんに近づく。

「すごく素敵でした」

さっき姿を消した雅樹は、抜かりなく巨大な花束を買って来ていた。すごくいい香りの真っ白い百合《ゆり》。しのぶさんに差し出しながら、スキあらば逃げようとしている雅樹の腕をつかんで、

「雅樹さんも、とってもよかったって」

うっすらと額に汗を浮かべたしのぶさんが、花束を受け取ってにっこり笑う。

「ここに来るのをさんざん渋ったくせに。でも、来てよかったでしょ？」

「シノブが歌うとわかっていれば、マサキも最初から素直に来たでしょう」

僕の頭の上から聞き慣れた声がして、花束が差し出されてる。僕は後ろを振り向いて、

「ガ…ガヴァエッツリ・チーフ！　いらしてたんですか？」

「シノブから、お招《まね》きいただいたんでね」

ガヴァエッツリ氏は、しのぶさんにやっぱり白い百合の花束を渡して、情熱的に手を握ると、

「Ｂｒａｖａ《ブラーヴァ》！　シノブ、君の歌声は天使のようだ。いつ聞いても素晴らしい」

しのぶさんは顔色を変えずに、

「ママに渡すものは、ちゃんと持って来たの？　アントニオ？」

すっかり母になってる。雅樹が爆笑して、イタリア語でガヴァエッツリ氏をからかってる。

僕はふと振り向いて、隅のほうに立っている榊原さんに気付く。なんとなく寂しそうだな。

バーカウンターからシャンパンの注がれたグラスを持って来て、彼女に差し出す。

「しのぶさんの声楽の先生だったんですね。あなたの生徒さんの歌は、すごく素敵でした」

榊原さんは、皮肉な目で僕を見上げて、

「流行ばっかり追っているデザイナーさんに、クラシックなんてわかるのかしら？」

けっこうキツい。僕は苦笑いして、

「あはは。せいぜい僕には、自分が好きか、嫌いか、くらいしかわからないですけど」

「篠原さん。彼女の才能は本物なのよ」

なんだか酔ってるみたいな口調。彼女はシャンパンを一気に飲み干して、

「それを捨ててまで、選んだ結婚なのよ。幸せになってもらわないと困るの」

目が据《す》わってる。なんだか足元もおぼつかない感じ。彼女は僕に空《から》のグラスを差し出して、

「もう一杯いただける？」

僕は、彼女を風通しのいい窓際のところまで連れていって、椅子に座らせる。

「榊原さん、もうけっこう飲んでたみたいですね。僕、水をもらってきますから」

バーカウンターのほうに行こうとした僕の上着の裾《すそ》が、後ろからひっぱられて、

「いいのよ。ここに座って。聞きたいことがあるの」

うっ。女の人にこう言われると怖くなってしまう。今朝のあれが、相当キテるみたい。

僕はこわごわ、彼女の隣に腰を下ろす。

「あなた、雅樹さんの会社の部下だって言ったわね。プライベートでも親しいんでしょう？」

うわ、また尋問？　どうして今日って……僕はひきつった笑いを浮かべて、

「いや……特別親しいってわけでは……」

「嘘よ。よっぽど親しくなきゃ、パーティー嫌いの雅樹さんが一緒に来るわけがないわ」

……すみません、嘘でした。酔っ払った榊原さんは、身を乗り出すようにして、

「雅樹さんって、会社での評判は、どう？」

「どうって……いい人です。評判もいいですけど……」

僕はすっかり押されぎみだ。しかし、なんだってこの人が雅樹にこんなに興味をもってるの？

「しのぶは、イタリアから何度も電話をしてきたわ。雅樹さんのことで悩んでたみたいなのよね」

きっと僕のことだ。僕がいるから、雅樹がゲイなんかになって……ああ、また落ち込んでしまいそうだ。

「ねえ。雅樹さんの恋人って、今日ここに来てる？」

……ええ？　なに？

彼女は、クールそうに見える外見とは裏腹に、無邪気な表情をうかべて、

「雅樹さんには、すごく熱愛している恋人がいるんですってよ。ねえ、知ってるんでしょう？」

「いや……恋人が誰かは知ってますけど……」

……ね、熱愛……？

「だけど、しのぶに全然紹介してくれないんですって。母親として認めてもらえてないんだって悩んでたのよ」

……え？

「だから、今回日本に来たついでに彼女のことを見に行ったらしいのよ。雅樹さんもやっと紹介する気になってくれたらしくて、喜んでたわ」

うっ。この人は、いったいどこまで知っているんだろう？　一応『彼女』と言っているところをみると、雅樹の恋人が男で、しかも僕だとは、思いもよらないんだろうけど。

僕は、いけないと思いつつ、つい身を乗り出して、

「あの、しのぶさんは、その人のことをなんて……」

「綺麗な子だって言ってたわよ。だけど外見に似合わず間の抜けたところが、すごく気にいったって」

……どうせ僕は、どっか抜けてますよ……。

「それなのに、この間しのぶがすごく怒ってて。どうもその彼女のほうが、雅樹さんのことをどう思ってるのかはっきりしないんですって。彼女のほうは、遊びのつもりかもしれないって」

彼女は興奮して、僕の腕をつかんで、

「だからわたし、言ってやったのよ！」

……ま、まさか……。

「遊びでつきあってるなら別れろって、怒鳴ってやれって！」

ああー。僕は脱力して、ぐったりと椅子の背に寄りかかる。

「わたしのその一言で、しのぶと圭吾さんもうまくいったのよ。それで別れちゃうような子だったら元々ダメだし、ちゃんと反論できる子だったら、絶対うまくいく。二人は幸せになるって」

……そういえば、しのぶさんは、僕にも雅樹にも幸せになって欲しいって言ってくれた。僕がきちんと話す前の、しのぶさんの懇願するような顔を思い出す。

……きっと彼女は、僕らが幸せになれると信じて、あの言葉を言ってくれたんだ。

「ねえ、知ってるんでしょう？　どの子が雅樹さんの恋人？　教えてよ！　わたしもう、見たくて見たくて」

「……篠原君」

僕と、僕に迫って来ている彼女の間を割って、ミネラルウォーターのグラスがスッと差し出される。

「君も、彼女も、飲み過ぎているようだ」

ううっ！　このセクシーな低い声は……まさしく噂《うわさ》をすれば、影……。

こわごわ目を上げると、そこに立っていたのは、やっぱり雅樹だった。しかも彼の額の横には……。

「雅樹さん！　あなたが白状しないから、この子に言わせようとしてたのよ！」

酔っ払ってる榊原さんは、彼の怒りマークにも気付かず、僕に寄りかかってご機嫌で笑ってる。

「先生。また酔っ払ってからんでるの？」

今夜の主役のしのぶさんが、雅樹の後ろから顔を出して、持っていたお皿を僕に差し出す。

「晶也。今夜は、まだ全然食べてないわね。お酒ばっかり飲んでちゃ、ダメじゃない」

「は、はい、すみません」

お皿には、中華素材を使った洒落た点心《てんしん》と、薄餅《パオピン》に包んだペキンダック。

「あ……美味しい。こんな美味しいものを、僕は食べずに帰るところだったんですね」

「そうよ！　この店のおすすめは、ペキンダックと、燕《つばめ》の巣のスープと、秋には最高級の上海蟹《シャンハイがに》が……」

言いかけたしのぶさんが、僕の顔を見つめて照れたように笑う。

「でも、わたしの作るパスタにはかなわないの。あなたもイタリアに遊びに来るわね？　晶也」

「はい。喜んで。楽しみにしています」

僕と彼女は、目をあわせて、二人で笑い合う。

「雅樹さん。わたしにも彼女を紹介しなさいよ。婚約指輪は、もう贈ったの？」

榊原さんは、今度は雅樹に詰め寄っている。雅樹は、少し鼻白《はなじろ》んだ様子で、

「そんな気の早い。まだプロポーズもすんでいないのに」

「じゃ、やっぱり彼女とはうまくいってるのね？」

見上げると、雅樹はいたずらっぽい顔で笑って、僕に向かって片目をつぶってみせて、

「当然です。その人は、俺にぞっこんですから」

そんなことを言った覚えはないよ。僕は赤面して目をそらす。……当たってるけどさ。

榊原さんは、ふっと真面目な顔になって、

「ねえ、しのぶを家族として受け入れてあげてね。あなたのお父様に出会わなければ、しのぶは全然違う人生を歩んでいたはずよ。声楽だって……」

きっとこの人は、しのぶさんが皆に祝福されるまでの長い道のりを知ってる。

榊原さんは、雅樹の顔を真剣な面持ちで見上げて、

「しのぶは、あなたと圭吾さんのために全てを捨てたのよ」

「先生。それは違うわ」

しのぶさんが、榊原さんの座っている椅子の足元に膝《ひざ》をついて、彼女の手に触れる。

「わたしは、何も捨ててはいない。たくさんのものを手にいれたのよ」

しのぶさんは、榊原さんをまっすぐに見上げて、

「わたしは、お母様もお祖母《ばあ》様も好きだけど、でも、彼女たちのできなかったことを代理でやるために生まれてきたんじゃない。まして、高宮の家の象徴にされるために、生まれてきたわけではないの。わたしは、自分でやりたいことをやりたい。責任も自分でとらなきゃな

らないし、きっと思いもよらない苦労もしなきゃならないだろうけど。でも、そんなの仕方がない。自分が選んだ道なんだから」

しのぶさんの肩が、かすかに震えてる。榊原さんは、うつむいて、

「確かに家庭と両立は難しいけれど、声楽までやめてしまうことはないのに……」

「今は教会で聖歌を歌ってるわ。すごく楽しいの。きっと音楽ってこういうものだって思った」

「しのぶ、あなたの才能は本物なのよ。あなたなら、世界に通用する声楽家になると思ったのに……」

「先生、ほめてくれてありがとう。でもわたし、そんなものより大切なものを見つけちゃったの」

しのぶさんはハンカチを取り出して、お化粧が取れるのもかまわず、ぐいっと涙をぬぐう。

そのゴルチェのハンカチには、見覚えがある。……僕のだ。そういえば貸したままだった。

お化粧が取れてしまってもやっぱり綺麗なしのぶさんは、にっこり笑って雅樹を見上げて、

「わたしには、ずっと欲しかった、本当の家族らしい家族ができるのよ」

彼女に見つめられた雅樹が、何かに打たれたような顔でまばたきをする。

彼の男っぽい美貌《びぼう》が、一瞬だけ、思春期の少年のように見える。

「圭吾さんと、雅樹と……」

しのぶさんの視線が、僕にあてられて、

「雅樹の恋人と」

にっこり笑う。僕も雅樹と同じように、まるで中学生になったみたいに照れてしまう。

「シノブ！」

振り向くと、ガヴァエッリ氏が人込みをかきわけて、こっちに向かって来るところだ。腕には、大柄な彼さえも小さく見えるほどの……。

「これを、母に渡してくれませんか？」

しのぶさんなんか隠れてしまうほどの……巨大な……テディーベア。クリスマスプレゼントらしくサンタさんの衣装を着ている。これをガヴァエッリ氏が買っているところを想像すると……。

僕と雅樹は、同時に吹き出した。いけないと思いつつ、止まらない。

……あ、涙が……。

「ミスター・クロカワ、ミスター・シノハラ」

ガヴァエッリ氏がにらんでるけど、笑いは止まらない。

……ああ、おなかが痛い……。

彼はあきらめたように肩をすくめて、しのぶさんに向き直ると、

「それから、これを……」

腕をのばすと、しのぶさんを抱きしめて、両頬に優しく長いキスをする。

「母に渡してください。そして……」

デザイナー室ではオニのガヴァエッツリと言われる彼が、初めて見るような優しい顔をして、

「愛していると伝えていただけますか？」

しのぶさんは、しっかりとうなずいて、

「必ず伝えるわ」

アントニオ氏はお礼を言うように口の端で笑って、それから仕立てのいいスーツのポケットから、高価そうな銀色のカードケースとペンを取りだす。ガヴァエッツリ家の紋章の入ったカードを一枚抜いて、さらさらと何かを書くと、しのぶさんに差し出して、

「ローマのガヴァエッツリ本店で、お好きなものを選んでください。わたしからの結婚祝いです。できればわたしのデザインを。婚約指輪のデザインをする権利はアキヤに取られたんですから」

微笑《ほほえ》んでいるガヴァエッツリ氏に、しのぶさんが抱きついて、頬にキスを返して、

「Grazie《グラーツィエ》（ありがとう）！　いい息子がたくさんできて、わたし、嬉しい！」

6・Thursday

僕らは、成田のエアポート・ターミナルにいた。

彼女の大量の荷物（含む巨大テディーベア！）のチェックインを済ませ、搭乗手続きが始まる時間まで、コーヒーショップで一息いれている。

「ねえ、雅樹。わたしの歌、よかった？　驚かそうと思って、歌うの黙ってたのよ」

「驚くわけないでしょう。毎晩、ホテルに帰る前に部屋に来てはさんざん練習していたじゃないですか」

「毎晩じゃないわよ。雅樹は残業したり、どっかに行っちゃったりして！」

すみません。僕のところに来てました。そう心の中で白状してから、ふと気付いて、

「そういえば、歌舞伎町で迷っていた晩、どうしてあんなところにいたんですか？」

僕の問いに、雅樹が反応する。しのぶさんをにらんで、

「そうです。答えなさい。どうして新宿なんかにいたんですか？」

「だってえ……」

しのぶさんは、ふくれっつらでバッグをかきまわすと、僕に一通の封筒を差し出す。

「なんですか？」

「雅樹に見せないで読んで」

しっかりとした上質の封筒。開けると中には、やっぱり上質でシンプルなカード。

『素敵なデザインをどうもありがとう。イジワルな雅樹に、うんと大きなダイヤをねだっていいわよ』

僕は、つい笑ってしまいながら、

「もしかして、このカードを買いに？」

「だって、晶也はデザイン画と一緒にガンプスのお祝いカードをくれたじゃない。だから、お礼の手紙も綺麗なのを探さなきゃと思って……」

カードはバーニーズ　ニューヨークのオリジナルだった。そして、バーニーズの店舗があるのは、新宿。地理も、電車の乗りかたも解らないのに、この人は、僕のために……。

「しのぶさん」

僕は姿勢をただして、彼女の顔を見つめる。

「僕、あなたのこと、すごく好きです」

あのガヴァエッリ氏にも反応しなかったしのぶさんが、みるみる真っ赤になって目をそらすと、

「雅樹。この子、ちゃんと見張ってないと、あぶないわよ」

雅樹は、なんだか妙におかしそうな顔をして笑う。

「そう。見張っていないと、あぶなくて仕方がないんです。あなたと同じくらいにね」

しのぶさんが乗る飛行機の、搭乗案内アナウンスが流れている。

僕らは、出国審査の手前のエスカレーターの前にいた。

「ゲートナンバーは、これです。出国審査を抜けたら、右です。わかりましたか、右ですよ」

「パスポートがないわ！　どうしよう！　さっきまであったのに！」

「しのぶさん！　パスポートを足元に落としています！」

雅樹は、最後までしのぶさんの世話に追われている。しのぶさんが急に雅樹を見上げると、

「ねえ、結婚式が終わったら、お母さんって呼んでくれる？」

雅樹は、笑って、

「それはもちろんですが……若いのに、変わった人だ」

「いいじゃない。そういうのに憧れてたんだから。それから、二人にお礼を言わなくちゃ」

僕と雅樹は、顔を見合わせる。

「わたし何だかアセっちゃって、だいぶ二人のプライバシーに立ち入ったみたい。でも二人とも、おまえには関係ないとか、本当の肉親でもないくせにとか、そういうこと一度も言わ

なかった。二人とも真剣にわたしと接してくれて、何だか嬉しかった。ちょっと母親の自信、ついたかな」

雅樹が身をかがめて、しのぶさんの頰に、思わず嫉妬《しっと》してしまうほど優しいキスをする。

「俺には、今まで何人もの母親ができました。でも、あなたほど母親らしかった人はいない。俺に母親と呼ぶべき人がこれ以上増えることは、もうないでしょう」

表情はよく見えなかったけど、雅樹が彼女の存在に何か救いを感じているのは、その声でわかる。

きっと人には、他人に解らない心の傷がある。雅樹のそれを、しのぶさんはほんの少しだけ癒《いや》してしまったみたいだ。

しのぶさんは背伸びをして、雅樹の頰にキスを返すと、僕の方を振り向いて、

「晶也もキスして」

「い、いいえ、僕はそういう欧米式の挨拶《あいさつ》は、どうやっていいのか……」

しのぶさんは、面白そうな顔で、僕と雅樹の顔を見比べて、

「そうよね。誰かが晶也にちょっと触れるだけで、雅樹がすんごい顔して怒るものね」

雅樹が、イイ男ぶった仕草で肩をすくめると、

「まさか。この俺が、嫉妬なんかするわけがないでしょう？」

嘘だ。怒りマークを、僕も見たぞ。

しのぶさんは何かを思い付いたように、急に目を輝かせると、

「ねえ。そのかわり、ここでキスして見せて。そうしたら、二人の仲を正式に認めてあげる」

「ええ？　あはは、そんな、まさか……」

笑ってごまかそうとした僕は、雅樹にがっしりと捕まえられて、青ざめる。

「冗談でしょう？　待ってください、エアポートはヤバいんです！　マジで……ちょっと……ん……」

ほんの一瞬のキスだったのに、僕の目の前に星が散ってしまう。正気に戻った時には、しのぶさんはもうエスカレーターに乗っていた。彼女は、僕が貸したハンカチを振りながら、

「晶也、あなたも息子なんだから、ちゃんとイタリアまで会いに来るのよ。その時返してあげるわね」

幸せそうな笑みを残して、彼女が視界から消える。雅樹が面白がっている声で、

「まったく、最後まで人騒がせな……」

あなたもですよ、と言おうとして振り向いた僕は、遠くによく知っている人影を見つけて立ちすくむ。僕に気付いていたみたいで、こっちに向かってくる。見慣れた紺《こん》のエアラインの制服。

「黒川チーフ」

僕は、雅樹の腕をつかんで回れ右すると、

「振り向かないで。逃げます」

「どうしたんだ、晶也？　誰か、知っている人でも？」

「だから、エアポートはヤバいって言ったのに！　兄に、キスしてるところを見られました！」

僕らは、出口に向かって走り出す。僕のカミング・アウトは……もう少し先になりそう……。


雅樹の部屋に泊まるのは、久しぶりだ。

天井まで開いた窓からは、足元いっぱいの東京の夜景。地上の星空のように美しく広がる。そして漆黒《しっこく》の闇に沈んだ東京湾には、光のオブジェのようなレインボーブリッジ。

たとえばここが、恋人と過ごすバーラウンジだとしたら、もう文句のつけようのないほどロマンチックな景色だ。二人の仲は進展まちがいなし、というところだろう。

……しかし。

「すみません！　ガヴァエッリの作品カタログの最新版がありません！　あと、もっと婚約指輪に関する資料は、ありませんか？」

僕がかじりついて仕事をしているローテーブルの上に、雅樹がもう一山、資料の山を築《きず》く。

「俺が持っている限りでは、これで全部だよ」

「ありがとうございます。この部屋に来ると、資料が揃《そろ》っているので本当に助かります」

僕は目も上げずに、資料のチェックをしながら言う。雅樹があきれたような声で、

「今夜は泊めてください、なんて言うから、どんなにロマンチックな夜になるかと期待すれば……」

僕の後ろのソファーに座って、深いため息をつく。

「君はここを、ただの図書館だと思っていないか？」

「そんなこと思っていません……それより雅樹、あなたにお願いがあるんです……」

僕は振り向いて彼の手を握ると、ウルませた瞳で顔を見つめて、

「資料の、付箋《ふせん》をつけたページのコピーを……」

「はいはい、よくわかった。俺は、ただの図書館の事務員さんというわけだね」

彼の部屋には、パーソナルコンピュータにつながっているスキャナーとプリンターがあって、カラーコピー機のかわりになる。だけどそんなハイテク機材を、この僕が扱《あつか》えるわけがなく……。

「すみませーん。悪いと思ってまーす」

雅樹が、資料の山を抱え上げながら、僕の目を覗きこんで、

「本当に、悪いと思ってる？」

「はい。恐れ多くも、チーフを雑用係として使うなんて。もちろん悪いと思ってますよー」

本当かな？　という顔で肩をすくめた雅樹が、ふいに口の端で笑って、

「俺の時給は高いよ。きちんと払ってもらうから、覚悟しておくように」

……ヤバい。雅樹のハンサムな顔に浮かぶ、このイミシンな笑いは……。

「今夜は勘弁してあげよう。そのかわり、明日の晩はもう、容赦《ようしゃ》しないからね」

雅樹は、僕の唇にキスをひとつ。そして、アトリエのドアに消える。

7・Friday

「アキヤ。ラフの詳《くわ》しい説明を頼みたい」

ガヴァエッツリ氏が、午前中に提出した僕のラフスケッチを見ながら呼んでいる。

僕は緊張しながら、ゆうべまとめた資料を持って立ち上がる。

なんだかやつれたような感じの雅樹が、書類から目を上げて、こっちを見る。

寝不足に弱い彼をさんざんこき使って、出来上がったのは午前四時過ぎ。これでラフにOKをもらえなかったら……考えるだけでも恐ろしい。

ガヴァエッツリ氏が、自分のデスクの脇の椅子を示すと、にやっと笑って、

「夜遊びをしていたようだが、その機会を無駄にはしなかったろうな？」

「さるお方の助言で、無駄にせずにすみました」

僕は分厚い資料をデスクに積み上げて、椅子に座る。

「商品の対象年齢……二十歳から三十歳前後の女性六十五人に、アンケートをとってみました」

ガヴァエッツリ氏は、驚いたように眉をつり上げて、

「あの混乱の中で、よく頑張ったな。結果は？」

「依頼によると、婚約指輪のデザインを増やすのは、これから顧客になる年齢層の人達にガヴァエッリの存在を知ってもらう意味もある、ということだったんですが……」

彼は、腕組みをしてうなずく。

「アンケートをした中で、ガヴァエッリで婚約指輪を買う予定の人、もしくはもう買った人は……六十五人中、一人もいませんでした」

ガヴァエッリ氏は、少しショックを受けたような顔で、

「一人も？　ガヴァエッリの知名度が低いということか？」

「いいえ、知名度はじゅうぶんです。貰《もら》えるものならガヴァエッリの婚約指輪が欲しい、という人は、六十五人中、四十二人いました。なぜこういう結果が出たのかというと……」

僕は分厚い資料を開いて、歴代のガヴァエッリの婚約指輪のデザイン一覧を広げる。

「こんな資料は、見たことがない。こんなもの、どこで……」

「ゆうべ、作りました」

僕は、価格表を示して、

「オーソドックスなもので八十万円から。オーダーになると、二百万円くらいにもなっています。それに対して、日本人で結婚年齢に達した人たちの婚約指輪に対する予算は、三十万円から……出しても五、六十万円まで。はっきり言ってガヴァエッリの婚約指輪は、桁外《けたはず》れに高額です」

「そうよ！　高すぎよ！」

黒川チームの紅一点、野川《のがわ》さんが叫ぶ。

彼女は、結婚が決まりそうだと言って、早々と婚約指輪の下見をしている。この間も製作課で、値段の交渉をしていたようだけど……。

「わたしだって自分でデザインしてガヴァエッツリのオーダーで作ろうとしたら、見積りが百五十万円だって、信じらんない。ただでさえ披露宴とかがあんまり高くてクラクラきてるのに、貧乏人はオーダーなんかするなってことー？　もう、庶民をナメんなよって感じー！」

「野川さん、落ち着いてくれ」

雅樹が笑ってしまいながら、彼女を止めている。

「篠原君に、報告させてあげてくれないか？　彼になにか、解決策があるかもしれないし」

「本当ですか？　あきやくーん、がんばれー！」

野川さんの声援を背中に受けて、僕は見積り価格の内訳の資料をしめす。

「なぜそんなに高額になってしまうかというと、全て手作りのためにかかる職人さんへの手間賃がほとんどです」

ガヴァエッツリのオーダーは、イタリアの職人さんの手作りっていうのが売りだったんだ。

手作りっていうのは、プラチナならプラチナの金属そのものを削《けず》ったりして作る方法で、確かに世界に一本には違いないけど、莫大《ばくだい》な手間賃がかかるのと、出来上がるまで仕上がりが解らない。出来てからお客様が不満をいっても、ほとんど修正なんかしてもらえないんだよね。

「たとえば、このデザインを手作りではなくキャストで作ったとします」

今、そのへんのお店で売ってるのは、キャストっていって、まず型《かた》を作る方法。蠟《ろう》とかで作った型からシルバーで原型を作る。その時点で修正できるし、型さえあればそれから作った凹型に金属を流し込めばいいんだから、手間賃に当たる工賃もほとんどかからない。

「ダイヤのランクを変えなくても、このくらいに価格を抑えることができます」

僕のはじき出した計算をのぞきこんだガヴァエッツリ氏が、

「ガヴァエッツリ・ジャパンとしての新しいセールス・ポイントは？」

「手作りで高額になるオーダーではなく、手の届く価格に抑えたセミオーダーです。昔からの技法にこだわるよりは、まずガヴァエッツリで婚約指輪が買えること。そして選べるデザインの種類を豊富にすることによって、自分だけのデザインに近いものを手にいれることができる」

僕は、とっておきの資料を広げる。

「今まで、ガヴァエッツリが作ってきたもので、石を留める爪《つめ》の部分のデザインの一覧です。それから石座の部分のデザインの一覧。指輪のリング部分のデザインの一覧。さらに特殊な飾りデザインの……」

一応、いいデザインをピックアップしたんだけど、それぞれが膨大《ぼうだい》な量になってしまった。コピーの切り貼りにしていたら大変なことになってたけど、雅樹がコンピュータにインプットして、美しくレイアウトしてくれた。凝《こ》り性《しょう》だからやりだすと止まらない、とか言いながら。

グラフィックデザインは本業ではないはずだけど、さすがセンスのある人は違う。すごく格好よく出来上がっていて、このまま製本したいくらいだ。

「これらの中から選んでもらって、組み合わせたり、あるいは細かい修正を加えたりして商品とします。原型の組み合わせと細かい修正だけなら、そんなに工賃もかからないはずです。それに、価格以外のことでもフルオーダーには問題があって……」

僕はアンケートを取った時のメモを見て、

「オーダーはしてみたい。自分だけのデザインにも魅力がある。でも一体どういうものが欲しいのか言葉で表現するのは、本人にも難しいんです。今回、しのぶさん……高宮様のオーダーを受けてみて思いました。彼女は相当ジュエリーに興味があって知識もある人だけど、納得するまで何日もかかっています。資料さえ揃っていれば、もっとスムーズにオーダーできたはずなのに」

今回のことは、僕にも問題があったんだけどね。

「白紙を前にしたデザイナーに、さてどんなデザインがいいんですか？　と聞かれてもお客様は困惑してしまう。しかも出来上がるまで、正確な価格がわからない。手作りのフルオーダーだと、たとえ予算をオーバーしてしまっても、もういらないというわけにはいかないんです」

ガヴァエッツリ氏は腕組みをしたまま、何も言わずに聞いている。

「ガヴァエッツリの婚約指輪を、欲しい人はいるのに、買おうとする人がいないのは、そのへんに問題があると思うんです。婚約指輪を必要とする年代の人で、高宮様のように予算を気にせずにジュエリーを買うことができる若者は、今の日本には、そうはいないはずです」

ガヴァエッツリ氏が鋭い目で僕を見つめる。反論されるんだろうか。でも一応、僕の意見として言いたいことは言わせてもらおう。

「僕がしのぶさんのためにデザインをして、イメージに近いデザイン画が出来上がった時、彼女はとても喜んでくれました。僕はすごく感動した。彼女だけじゃなくて、もっとたくさんの人に同じように喜んで欲しいんです。既製のデザインのものだってもちろんいいけど、やっぱり自分で、もしくは婚約相手と二人で作り上げたものだったら、思い入れだって違ってくると思うんです」

きっと、宝石箱に入れっぱなしなんてことには、ならなくなると思うんだよね。

「それに安い値段でセミオーダーができるようになったら、今までは雑誌のグラビアを見て憧れるしかなかったガヴァエッツリというものが、一気に近い存在になるでしょう。二本目を買うかどうかは別として、少なくともガヴァエッツリは、足を踏みいれてもいい場所になると思うんです」

ガヴァエッツリ氏は、真剣な顔で僕を見つめて、

「では今のガヴァエッツリは、彼ら……いや、君達の年代にとっては……どういう場所なんだ？」

僕は目を上げる。デザイナー室のメンバーは皆、手を止めてこっちに注目している。

「あの……それは……」

そういえば、目の前のこの人は、副社長で、しかも創立者であるガヴァエッツリ一族の一員で……どうしよう。そんな人に、思ってることとはいえ正直に言っていいんだろうか？

迷いながら見回すと、雅樹の顔が目に入る。言っていいんだよ、というように深くうなずいてくれる。

「何と言うか……本当のお金持ちの人だけに許されている場所とでもいうんですか……僕らみたいな庶民が足を踏みいれるような所じゃないって感じで……店の名前は知っていても、一生、縁はないだろうな、っていう。実は、僕らがデザインした手の届く価格の商品だってあるし、黒川チーフやガヴァエッツリ・チーフがデザインしたものは、高額だけどオーソドックスなだけじゃなくて、僕らくらいの年齢から見てもすごくかっこいい。だけど彼らにはそれを知る機会もないんです」

僕は言葉を切る。悠太郎が、うしろのほうから小さい声で、

「そうだよな。店の入口にドアマンはいるわ、中に入れば森永《もりなが》副支配人がコワい顔でニラむわ、いかにも貧乏人は来るなって感じだし」

「そうっすよ。宝石屋と仲良くなる機会なんて、婚約指輪あたりしかないのに、それも逃したら、もう一生そばにも寄らないっすよ」

悠太郎の隣の席の柳《やなぎ》君が、ボソボソ言う。

「企画課は、売れないのはデザインのせいだなんて言うけど、お客さんが入れないんじゃ売れないのもあたりまえですよねー」

ガヴァエッリ氏が、眉をつり上げて、部外者のほうを睨む。

「やべ！　おこられる！」

悠太郎と柳君が、頭を抱えて怯《おび》えている。ガヴァエッリ氏があきれたようにため息をついて、

「価格の安いセミオーダーか。イタリアのローマ本店では、今までそういうものは極力避けてきた。ガヴァエッリの老舗《しにせ》としての威厳《いげん》を失わないために」

アントニオ氏は、僕への依頼書類を示して、

「君への依頼は、八十万円のプラチナのダイヤモンドリングを十型。それだけだったはずだが？」

「あの、それは、このラフですけど……」

僕は提出してあった薄いファイルを示す。

「じゃ、これは何だ？」

ガヴァエッリ氏は、うずたかく積み上げられた資料を叩いて、僕を見据える。

「わたしは、こんなものを依頼した覚えはないが？」

僕は、負けずに彼を睨み返して、

「新しい提案を求めている、とあなたはおっしゃったはずです。限られたお金持ちのものだけではない、たくさんの恋人たちが買うことのできる婚約指輪。これが僕の提案です」

僕らは黙って睨みあう。ガヴァエッリ氏のほうが先に目をそらすと、肩をすくめて、

「そんなことを言ったかな？　とにかく、こんなものを依頼した覚えはない。持って帰りたまえ」

その途端、皆の間から、本気のブーイングの声が上がった。

「新しい提案もけっこうだが、ガヴァエッリにとっては、お金を持って来る人間だけがお客様だ。その需要にさえ応《こた》えていれば、お金を持たない人々がどう思っていようと知ったことではない」

「……そんな……！」

彼のあまりの言いように、僕は思わず拳を握りしめて立ち上がってしまう。

……信じられない。この人もこういう考えを持っていたんだ。

僕は、これ以上なんと言っていいかわからず、唇をかんで黙ってしまう。

ふと、僕を見上げたガヴァエッツリ氏が、面白がっている口調で、

「……と言ったら、どうする？　アキヤ？」

口の端で、にやりと笑う。

……やられた。

僕は脱力して、椅子に座り込む。

雅樹のほうを見ると、やられたね、というように目で笑ってる。

……このイジワルさ加減が、あなたとガヴァエッツリ氏は、何だかとっても似てますよ……。

「デザイナーの全員が、自分の仕事を放って聞き耳をたてていたようだな」

ガヴァエッツリ氏が、あきれたように言って、

「だから説明は省《はぶ》く。これから全員の意見を聞かせてもらいたい。まずミスター・タバタ」

田端《たばた》チーフが、椅子から飛び上がるようにして、

「は、はあ、おおむね賛成ですが、わたくしの一存では、なんとも……」

「そうか。次、ミスター・ミカミ。君はこの中で唯一の既婚者だ。ということは唯一、婚約指輪を買ったことのある人間ということだ」

僕のいる田端チームのサブチーフ、三上《みかみ》さんが立ち上がって、

「わたしが婚約したのは、ガヴァエッリに入社してきてからですが……」

彼は途中入社で、前は別の宝飾品メーカーのデザインルームにいたはず。

「野川さんと同じように、見積りだけであきらめたクチです。仕方なく街のオーダーを受け付けている店に頼みましたが、職人の腕が悪くて仕上がりがヒドかった。妻に未《いま》だに言われてます」

僕らは皆、笑う。彼の奥さんも美大出身だから、なかなかうるさいんだよね。

三上さんの隣の席の長谷《はせ》さんが立ち上がる。田端チームの紅一点だ。

「今のところ婚約指輪をもらえるアテはないけど、絶対ガヴァエッリがいいです。でも今の値段のままじゃ玉の輿《こし》狙うしかないけど、無理かなー。だから晶也くんの意見には、すごく賛成です」

賛成してくれてありがとう。拝《おが》む真似《まね》をする僕にガッツポーズをして、

「願わくば、わたしと結婚してくれる男の子を見つける前に、セミオーダーを実行して欲しいな。オーダー一覧も皆で協力してデザインを増やせれば、選択の幅だって広がるし。仲良しの友達と婚約指輪の一部だけお揃い、とかにもできたりして。あ、野川ちゃん、それやろうよー」

言いたいことを言って座った長谷さんのかわりに、僕のデスクの隣の広瀬《ひろせ》君が立ち上がる。

「おれは、あきやさんの考え方に賛成です。自分のいる会社の店を、もっと皆に知ってほし

いし。それに今の若い年代の人間に知られてなかったら、これから何十年後、今の顧客のオバサマたちがいなくなったとき、ガヴァエッリはどうなるんでしょう？」

「少なくとも、日本支社デザイナー室は撤廃されてるよ」

黒川チームのサブチーフの瀬尾《せお》さんが、笑いながら立ち上がる。

「ぼくも晶也君に賛成です。ダイヤの裸石も置いて石のランクも調整できれば、もっと価格の幅を出せるんじゃないかな。フルオーダーとセミオーダーの差別化の問題とか、検討するべき点は、まだまだあるような気がしますけどね」

座った瀬尾さんの、隣の席の野川さんが勢いよく立ち上がって、

「セミオーダーできるなら、それまで婚約指輪はおあずけにしようかな。順番さえ気にしなければ、結納《ゆいのう》の時さえごまかせば、あとはいつだっていいし」

「日本人は、慣習にこだわるんじゃないのか？」

ガヴァエッリ氏が、驚いている。

「えー？　今の若い人はそんなに気にしないですよ。まあ、人にもよりますけど。婚約指輪を見せびらかさないと円満退社できないって会社もあるみたいだし。でもわたし、まだ辞める気ないし、慣習とかより自分が納得するものを選びたいです。だって一生モノじゃないですか」

野川さんのかわりに、悠太郎が立ち上がって、

「あきやの意見に賛成です。なんたってオレとあきやは、将来を誓い合ってるんだもんね。待ってろよ。たくさん稼《かせ》いで、でっかいダイヤを買ってやるからな」

皆は笑ってるけど、雅樹はそのハンサムな顔をひきつらせて、

「森《もり》君、真面目な意見を頼むよ」

「オレ、いたって真面目ですう」

悠太郎が面白がってる顔で、妙にからんでる。雅樹が、あきれたように肩をすくめてる。思い当たることといえば、雅樹が出勤したおとといの午前中？　なにかあったのかな？

「悠太郎さん、もしかしておとといのこと、まだネにもってるのかな？　シャレになんないっすよ」

悠太郎の隣の柳君が、笑いながら立ち上がる。やば。やっぱり何かあったんだ。

「おれもあきやさんに賛成です。なんたっておれとあきやさんは将来を……ってしつこい？」

柳君をどついてもう一度立ち上がった悠太郎が、真面目な顔で、

「会社の方針だって言われちゃえば、もうオレたち、なんにも言えないけど。なんたって雇《やと》われてるのは、こっちだからさあ。だけど、あきやの意見はガヴァエッリの将来ってものを考えてる。この意見を通せっていってるんじゃなくて……まあ、こういう意見に耳を傾けられなくなったら、会社の将来もアブナイってことかな……」

ああ。言ってしまった。僕も確かにそうは思うんだけどね。

「マサキ。君の意見を聞かせてくれ」

ガヴァエッリ氏が言うと、雅樹は、二人だけのときとは別人のような厳しい顔で立ち上がる。

手には、会社のネーム入りのブルーのファイル。

「会社の将来が明るいものではないことは、先月のことでも皆身にしみていると思います」

身にしみているよ。人件費削減《さくげん》のためにデザイナー室全員がクビになるところだったんだから。

「これは、過去十年間のガヴァエッリの売上推移と利益率ですが……」

数字を読み上げていく、頼りになる口調の低い声。仕立てのいいスーツに包まれた、たくましい肩。うつむいた端整な横顔、セクシーな長いまつげ。……僕の雅樹は、やっぱりかっこいい。

ぼーっと見とれていた僕は、ふと顔をあげた雅樹と目が合って、赤面してしまう。

雅樹が、ちゃんと聞いている？　というように、苦笑しながら僕をちょっと睨んで、

「……以上のように、確実に利益も来店客数も落ちています。これだけ大きい会社が、そう簡単に倒産ということにはならないと思いますが、少なくとも、超高額品だけで経営が成り立つ、というガヴァエッリ神話は崩壊《ほうかい》しつつある」

ガヴァエッツリ氏は、難しい顔をして黙っている。雅樹は、

「イタリア本社の経営陣も、危機感をもっていないわけではない。その証拠に、この問の会議の議題もそれに関することだったじゃないですか」

雅樹は、ガヴァエッツリ氏の前まで歩いて来ると、

「議題は、ガヴァエッツリ日本支社の販売促進《そくしん》戦略について。ただし、各部署のチーフクラスが雁首《がんくび》そろえて何時間も話し合った割には、たいした提案は出なかった。彼らも、そして、あなたも俺も、頭が固いということです。そのうえ彼らは、本社とあなたの反応を恐れて、逃げ腰になっている。これから何回会議を開いても、新しい意見は期待できないでしょう。

……そこにこれだ」

雅樹は、僕の積み上げた資料の上に手を置いて、

「若くて、柔軟な考え方を持ったデザイナーからの提案です。そしてあなたは、デザイナーたちからの率直《そっちょく》な意見も聞いたはずです。日本支社の売上自体がこのままでは、デザイナー室はまたいつか先月のようなことになるのは目に見えています。最初は、実験としてでもいいでしょう。篠原君の提案は、やってみる価値のあるものだと思います」

雅樹が、ガヴァエッツリ氏の顔をまっすぐに見つめて、

「あとは、あなたの手腕《しゅわん》次第です。我々に忠誠心なんてものはないけれど、最低限の愛社精神はあるつもりです。それさえもなくすような対応を、あなたがしないことを祈りたいです

ね」

ガヴァエッリ氏は、雅樹を睨んだまま、眉間《みけん》にたてじわを刻んで、

「会議にかけろと脅しているわけか。だがアキヤが集めてきた、パーティーの酔っぱらいに行ったアンケートの結果だけでは、説得力に欠けるな」

雅樹は踵を返して自分のデスクに戻ると、クリップで綴《と》じられたコピーを何部も持ってきて、

「婚約指輪の意識調査に関する記事です。日経ジュエリー、ジュエリープレス、宝石貴金属新聞。その他の業界紙でも行われた、日本における全国単位の調査結果です」

雅樹はその資料を、まるでロイヤル・ストレート・フラッシュでも出すような手つきでガヴァエッリ氏の前に並べていく……さすが。こんなにたくさんの資料、どうやって集めたんだろう？

「ガヴァエッリの高すぎるフルオーダーを酷評《こくひょう》した記事もあって、なかなか興味深い」

雅樹は、コピーの束を僕の資料の上に積み上げると、精悍《せいかん》な顔に爽《さわ》やかな笑みを浮かべて、

「イタリア本社の会議にかけるときは、喜んで翻訳《ほんやく》をお手伝いしますよ」

ガヴァエッリ氏は、僕と雅樹の顔を交互に見比べてから、あきれたように大きくため息をついた。

「ここのデザイナーがどれだけ団結しているか、よくわかったよ。まったく……今後が楽し

みだな」

「あきや！」

帰り仕度をしていた僕は、悠太郎の声に振り返る。

「今夜さあ、牡蠣《カキ》の土手鍋、食べに行くんだ。瀬尾さんが、美味しいお店を発見したんだって。もちろん、行けるよな？」

「牡蠣鍋？　行くに決まってる！　いいよねー、日本酒なんか飲んだりして。冬って感じ」

僕は目を光らせてしまう。やっぱり冬は鍋だよね。しかも、牡蠣鍋なんてこの季節だけだし……。

「カキノ・ドテナベ？　何だ、それは？」

ガヴァエッツリ氏が、不思議そうに聞いている。誘いに行った野川・長谷の女性コンビが、

「牡蠣っていうのはオイスターで……土手って英語でなんて言うの？」

「えー？　わかんないけど……とにかくジャパニーズ・トラディショナル・ディナーでこれを食べないと、日本では冬を越せないことになってるんですう」

いい加減な説明に、ガヴァエッツリ氏は大真面目な顔でうなずいて、

「行こう。そこはザシキかな？　セイザ、ハシ、ナットウ。これが私の、日本での三大課題

なんだ」

雅樹のところには、瀬尾さんが誘いに行って、

「黒川チーフ、今夜いかがですか？　広島牡蠣の専門店で、日本酒もいいのが揃ってるんですよ」

この間までは、僕らヒラのデザイナーがチーフクラスと一緒に飲むなんてほとんどなかったことだ。でも、デザイナー室撤廃の危機を共に乗り越えてから、妙に団結しちゃって、最近はしょっちゅう皆で飲んだりしてる。そのあとで雅樹の部屋になだれこんでくるのが玉にきずなんだけど。

宴会が終わったあと、皆に怪《あや》しまれないように僕だけ残るのが、毎回、一苦労なんだよね。

「残念だが、今夜は先約があるんだ」

雅樹が、笑いながら断ってる。瀬尾さんが、デートですかー？　とからかってる。

……先約？　僕はちょっとショックを受ける。

明日は土曜日で休みだし、今夜は一緒にすごせると思ったのに……。

雅樹はコートとブリーフケースを持つと、お先に、という声を残して、デザイナー室から出て行ってしまう。すれちがいざまに僕と目があったけど、ちょっと笑っただけだった。

「……ごめん、悠太郎。僕そういえば、予定があったんだ」

僕は急に意気消沈してしまう。牡蠣鍋は魅力的だけど、この気分じゃ宴会を盛り下げそう。

「ふう……ん？」

悠太郎は、僕と、雅樹の出て行ったドアのほうを見比べて、意味ありげにニヤリと笑う。

「あんまりイジメられないように、祈っててやるよ！」


僕は、皆より先にデザイナー室を出た。エレベーターに乗り込んで、一階のボタンを押す。

「……誰と待ち合わせなんだろう、あんなに急いで」

雅樹には雅樹の、予定がある。僕の知らない友達だっているだろうし、いちいち僕に報告する必要なんて、ぜーんぜんないんだよね。

エレベーターが一階に到着して、扉が開く。僕は、そこで降りずに地下一階のボタンを押しなおす。

ビルの地下には社員専用の駐車場があって、雅樹のマスタングもいつもならそこに停めてある。

「あんなに急いでたんだ。もう、行っちゃったよね」

彼の用事が済んだ頃でいいから、今夜は部屋に行ってもいいだろうか。できればそれを聞きたかったんだけど。でも彼のことだから、気を使って早く切り上げてくれたりして……悪いかな。

エレベーターが地下一階に着いて、扉が開く。僕は足を踏み出そうとして、動きを止める。

「やめよう。たまには一人もいいさ。……帰って、寂しくホカ弁でも食べよう」

エレベーターの壁に寄りかかり、ため息をついて一階のボタンを押す。扉が閉まりかけた時……、

「ちょっと待った！」

誰かが走って来る足音がして、扉の隙間に手が差し込まれる。扉が開くと、そこには……、

「ま、雅樹……？」

エレベーターから、さらうようにして僕の身体が降ろされる。

雅樹は、僕の顔をまじまじと見て、大きくため息をつく。

「俺の車は、すぐそこだろう。まったく君は……見回してもくれないんだから……」

あきれたような口調で言って、まだ社内なのもかまわず、胸に抱きしめようとする。

赤面して慌てて腕をすりぬけた僕を、雅樹は面白がっている表情で見下ろして、

「牡蠣は……まあ、いいか。どこで君を待ち伏せしようかと、考えていたところだ」

僕の背中に軽く手をまわして、車のほうに歩き出す。

「ちょうどよく、一人でいるのをつかまえたんだ。このままさらっていくよ」

すごく強引。でもちょっと嬉しかったりして。僕は助手席のドアを開けてくれた雅樹を見上げて、

「牡蠣鍋の誘いは、断りましたけど……あなたは？　何か約束があるって言ってませんでしたか？」

雅樹は、肩をすくめて、

「それは、口実」

僕が助手席に座ったのを見て、外からドアを閉める。運転席に滑り込んできた雅樹に、

「牡蠣は……お嫌いでしたっけ……？」

雅樹は、宴会の誘いを断ったことなんてなかった。だから今日も、当然来ると思ったのに。

「好きだよ。牡蠣鍋も、日本酒も。だけど、そんな気分じゃなかった」

キーを回して、エンジンをかける。

「そんな気分て……」

僕はつぶやく。きっとゆうべからこき使われて、疲れてるんだ。僕が来て……迷惑だったかな……？

雅樹は、車を発進させながら横目で僕を見て、

「またいらないことを考えているね。君のせいじゃない。ただ、別のものを食べたい気分だっただけだよ」

「あ、なんだ！　そうだったんですか？」

僕は、身を起こして、雅樹の顔をのぞきこむ。

「僕、何でもごちそうします。ゆうべも、今日も、あなたのおかげで本当に助かりましたから」

「何でもごちそうしてくれる?」

「はい! いざとなったら、クレジットカードもあるし!」

雅樹は、僕の手を取ると、指にそっとキスをする。僕はこれに弱い。赤面しているところに、

「カードは使えないな。今夜は牡蠣より、君を食べたい気分なんだ」

失神しそうな僕に、雅樹は横顔で笑って、

「こんな気分の時に酔っ払ったら、皆の前で、君を座敷に押し倒しそうだったからね」


「で、電話をお借りしまーす!」

シャワーから出たところをつかまりそうになって、僕は間一髪《かんいっぱつ》で雅樹の腕をすりぬける。

やばいよ。一度つかまったら、朝まで逃げられない。その前に、やることをすませないと。

僕は、キッチンとの境目にあるバーカウンターから電話を持って来て、大理石の床の上に座る。

自分の部屋の電話番号と暗証番号を押す。聞き忘れていた留守番電話のメッセージを呼び

出す。

何かのセールスの電話、個展のお知らせ、飲み仲間からのお誘い。そんなに緊急の用事はなさそう。……ということは、空港で兄を見たと思ったのは、僕の見まちがい？　ちょっとホッとする。

会社を出た後、軽い食事を取りにビストロに入って、前菜《アンティパスト》に生牡蠣を食べてしまった。そこのワインはすごく美味しかったし、仕事も心配事もやっと一段落して、もう最高に気分がいい。

部屋の明かりは間接照明だけに落とされていて、夜景が恋人たちに相応しい美しさで広がってる。

大理石の床には床暖房が入っていて、すごくあったかい。またワインの酔いがまわりそう。

風呂上がりのバスローブのまま、僕は猫みたいに寝転がる。気持ちいい。猫のキモチがわかる。

受話器を耳に当てたままで、うーんと伸びをしていると、まだスーツ姿の雅樹が近づいて来る。

僕の髪をくしゃっと撫《な》でて、頭の下にクッションを押し込んでくれる。

「ああ……ありがとうございます」

見上げると、雅樹はちょっと笑ってキッチンスペースに入って行く。銀色のアレッシィのケトルをコンロにかけて、コーヒー豆を計って挽《ひ》き始める。いい匂《にお》い。すごく幸せな気分。

『あきや！』

怒ってる大きい声のメッセージに、半分眠りそうになっていた僕は、驚いて飛び起きる。

『電話はつながらないし、つながったと思ったらいないし、どうしちゃったの？　夜遅くてもいいから、必ず電話してきなさい！　それから……きゃあ！　ニャー！　……プツン』

受話器を握りしめたまま息を殺して笑っている僕を、雅樹がなんだか不思議そうな顔で見下ろしてくる。

「いえ、あの、実家の母と、それからマドモワゼル・デルフィーヌ・篠原が」

「……デ、デルフィーヌ・篠原……？」

雅樹が、酔いざましのコーヒーの入ったカップを差し出しながら、顔をひきつらせている。

「猫です。母が命名したけど、誰もそうは呼ばなくて、普段はでんちゃんとか呼ばれてますが。電話をしていると、嫉妬して切っちゃうんです。今の留守電も途中で切られてました」

雅樹が、優しい顔で笑って、

「家族に電話してあげるといい。俺はシャワーを浴びてくるから」

「ありがとうございます……あ……」

留守番電話のメッセージは、まだ続いていた。機械音声の案内の後、

『晶也』

恐れていた人の声に、僕の心臓は縮み上がる。やばい、兄さんだ。

『慎也《しんや》だ。ロスアンジェルスのホテルにいる。聞きたいことがあるから、電話してくるように。番号は……』

僕はメモをしてから、ため息をついて受話器を置く。やっぱり見まちがいじゃなかった。

慎也兄さんは、航空会社で乗務員をしている。この間、アシスタントパーサーからパーサーになった。成田空港は庭なんだよね。だけど、ちょうどあの時間にいるなんて……なんてヤバい偶然。

「……ヤバかった……」

僕は、立ち上がってリビングから廊下に出ると、バスルームへのドアを開ける。

そこは広めの洗面スペースになっている。天然石のカウンターに白の洗面ボウル。シルバーのデコラティブな蛇口《じゃぐち》の横にはクリスタルのコップが置いてあって、僕と雅樹の歯ブラシが立ててある。外のインテリアがインテリア雑誌みたいにモダンなのに対して、ここは、もうちょっとトラディショナル。高級ホテルのスイートのバスルームって感じだ。

椅子の背に、雅樹のスーツがかけてある。曇りガラスのドアの向こうからはシャワーの水音がして、たくましいシルエットが映っている。

「あの……雅樹……？」

ガラスを叩くと水音がやんで、雅樹がドアのすきまから顔を出す。

びしょぬれの彼は本当にセクシーで、僕は慌てて目をそらす。雅樹が面白がってる声で、

「ついに、一緒にシャワーを浴びてくれる気になった？」

「ちがいますってば！……あの、国際電話をかけていいですか？」

「もちろんかまわないが……」

「ロスアンジェルスと東京で、時差は何時間あるんでしょうか？」

雅樹は、僕の見せた腕時計をのぞきこんで、

「時差はマイナス十七時間だ。今は東京が夜の十一時だから……あっちは朝の六時だね」

「すごい。ありがとうございました」

雅樹の身体が冷えてしまわないように、僕は浴室のドアを閉めようとする。

それを止めた雅樹が、

「晶也？　どうかしたのか？」

「……あなたとの関係を家族に告白する勇気が、僕にはまだありません」

僕は、真剣に彼を見返して、

「でも、その時がきたら、きっとあなたを家族に紹介しますから」


「もしもし、母さん？　晶也だけど」

『あきや、あなた何をやってるの！　いくら仕事が忙しいとはいえ、電話くらいしてきてもいいじゃない……』

母さんのお小言は長い。僕は、はいはいと聞き流してから、

「ええと、急ぎの用事があるんじゃないの？　もしかして、また何かやった？」

母さんは、うっとつまってから、恥ずかしそうな声で、

『あなたの春物とまちがえて、近所のバザーに出す古着を宅配便で送っちゃったのよ』

「わかった。送り返すけど。ねえ、前もそういうのやったよね？」

『あきやまで言わないでよ。お父さんと慎也にさんざん言われたんだから』

むくれてる声に、思わず笑ってしまう。

「ねえ、でんちゃん、元気？」

『でんちゃんなんて言わないで！　デルフィーヌだってば。あ、こっちに来たわ。デルフィーヌ、あきやお兄ちゃんにあいさつしなさ……ああ、だめよ！　ニャー！　……プツン、プー、プー』

うちの家族は、あいかわらずだ。

でも、いつか告白したとしたら、その時、僕の家族は変わってしまうんだろうか……？

「ええ？　だから、見まちがいだと思うよ」

僕は、シラを切る作戦に出ていた。兄はすごく過保護で、あの時バレてたら、雅樹の身が危険にさらされるところだった……。

「世間には、ほら、似ている人が三人いるっていうし……」

『そうか。晶也が男とキスなんかするわけがないな。どう見てもあのキスは普通の挨拶とは思えなかった。もしうちの晶也に手を出したんだとしたら、相手の男を殴ってやろうと思ったのに』

……あぶなかった……。

慎也兄さんは、僕とは全然似ていない。

背が高くて、ルックスは僕よりも雅樹に近いし、言うことは、僕よりも悠太郎に似ている。

『悠太郎は、元気にしているか？』

大学時代の長い休みには、悠太郎がなぜか帰省する僕にくっついてきて、僕の実家に住みついたりしていた。だから兄とは面識がある。

「うん。元気、元気」

『悠太郎に、晶也の面倒を見るように頼んでおかないと。おまえは、お母さん似の美人だから、心配でしかたがないよ。しかもボーッとしたところまで似ているんだから』

「僕は、あんなにボーッとしてないってば……ねえ、兄さん……」

『なんだ？』

「その……僕に似た人とキスしてたのって、どういう人？　顔まで見た？」

あわてて逃げたから大丈夫だと思うんだけど、どうしても気になって聞いてしまう。

『横顔と後ろ姿だけだから、顔まではわからないが……もう一度見れば、わかるかもしれないな』

……がーん。

『それくらい際立っていた。背が高くて肩幅の広いモデル体形で……晶也のそっくりさんと二人で目立ちまくっていた。その二人がいきなりキスをした時には、そうとうの注目を集めていたよ』

う…うそ……。しのぶさん、あなたは何てことをさせてくれたんですか。やった雅樹も雅樹だけど。

『晶也』

「なに？」

『心配ごとがあったら、まずおれに相談しなさい。父さんや母さんに心配をかけるんじゃないよ』

慎也兄さんの優しい声に、僕はもう、何もかも告白してしまいたくなる。だけど……、

「わかった。でも大丈夫。元気だし、心配することなんて何もないよ」

もう少し心の準備をさせて欲しい。だって絶対に失敗したくない。家族も雅樹も失えないんだ。

「僕は、いま、幸せにやってるから」

「晶也?」

電話を前にしたまま床の上に転がっていた僕は、雅樹の声でうっすら目を開ける。

「風邪をひくよ。ベッドに行こう」

膝をついた雅樹に抱き上げられそうになって、僕はどわっと赤面して慌ててあとずさる。

「い、いいです。僕、今日からここで寝ます」

「ここ?」

雅樹はあっけにとられた顔で、床を指差す。

「いったいどうしたんだ、晶也?」

雅樹のバスローブの襟から、滑らかな胸元がのぞいている。僕はむりやり目をそらして、

「……なんだか、しのぶさんとか、両親とか、兄とかの顔が頭の中をグルグルしちゃってい て……」

僕はため息をつく。身体は彼のぬくもりを欲しがってる。でも、頭がストップをかけてる。

「……すごく恥ずかしいんです。だけどベッドに入った途端、あなたは襲いかかってきそうだし……」

「あのね晶也」

雅樹があきれた声音《こわね》で言って、僕の顔をのぞきこむ。

「俺は、君と愛し合いたいだけだ。いやがる君に、ムリヤリ襲いかかるようなことはしないよ」

僕は起き上がってあとずさりしながら、

「ほんとうかなあ……？」

「本当だよ」

雅樹は、誓います、というように手を上げてみせるけど、口元が面白そうに笑ってる。

「あなたは何かよからぬことを考えている時、口元が笑うんです。ほら、こんなふうに」

僕が、びっと指差すと、雅樹はあわてて真面目な顔をつくって、

「わかった。今夜は君の許可なしには、指一本触れない。約束しよう。……ただし……」

雅樹のいじわるそうな声に、僕は硬直する。

「君も許可なしに、俺に触れないこと。破ったほうは相手の言うことを何でも聞く。いいね？」

うわ。イキナリ強力な流し目。僕はムリヤリ平気そうな顔をしてロフトへの階段を上りな

がら、

「いいですよ！　ようするに僕が許可しなければ、いいんですよね？」

「その通り。だが、おやすみのキスくらいは許してくれるね。それとも、そんな自信もない？」

あ、ちょっとずるい。でも、まあ、いいか。キスひとつで、どうにかなるわけないし。

「いいでしょう。許可します。ただし、キスだけですよ」

振り向くと、雅樹が口元で笑ってる。あ！　これは……よからぬことを考えている顔だ！

確かに指は触れていない。だけど……。

「んんっ、待って、ちょっと……ん……」

いったい何回目のおやすみのキスなんだ……。

ロフトにあるキングサイズのベッドは、きれいにベッドメイクされてシワひとつない。

その端っこに腰をおろした途端、彼は『おやすみのキス攻撃』を開始してしまった。

「……んっ……」

唇がほんの少し触れるだけのキス。だけど、彼の熱い体温をほんの数センチ先で感じてる。

彼の香りはオレンジに近い柑橘《かんきつ》系で、爽やかなのに、どこか大人の男の色気を感じさせる。

それにこの香りで、いやおうなしに思い出してしまう。……いつもの彼のやり方を。

「……ん…雅樹……だめだってば……」

胸を押し返そうとした僕の手を、雅樹がそっと押し戻す。唇がそっと頬を滑り、彼が耳元で囁いてくる。

「……俺に手を触れないで。おやすみのキスはまだ終わっていないよ……」

彼の低い声に身体が震えてしまう。雅樹は至近距離で、紅潮している僕の顔を見つめてる。ライトは全て消されているのに、窓から差し込む月明かりで、彼の顔がはっきり見える。薄青いモノトーンに沈んだ、端整な顔立ち。どこか苦しげなまなざしに鼓動が速くなる。

「……目を閉じて……」

ため息に近いささやきに、身体に甘い電流がはしる。

「……ん……」

目を閉じた僕の唇に、あたたかい彼の舌が触れる。僕の唇の輪郭《りんかく》をそっとたどりながら、

「……口を少し開いて……そう……」

唇に触れたまま囁かれ、食いしばっていたはずのあごの力が、おもわず抜けてしまう。彼の舌はそこから容赦なく進入し、僕の舌をからめとる。ミントの香りの、深い深いキス。

雅樹のキスは不思議だ。

初めて雅樹とキスをしたのは、夜の歩道だった。押さえつけられて、強引に奪われた。

誰にも欲望を感じなかった僕が、そのむりやりのキスひとつで、腰砕けになるほど感じた。

そして今は、あの時より、もっと愛してる。そしてもっと感じてる。

「……あ……」

身体からすべての力が奪われ、僕はゆっくりと仰向けにベッドに倒れこむ。

僕の身体の上に、雅樹が覆い被《かぶ》さってくる。そして、さらに激しく僕の唇を奪う。

……ああ、もっと……

僕は、いつものように、雅樹の背中に手をまわそうとする。

ふとキスを中断した雅樹が、

「……手を触れたら、君の負けだよ……？」

笑って僕の腕を押し戻す。僕の顔の横に手をついて、唇だけで想《おも》いを伝えようとする。

触れられない。抱きしめられない。でも、不思議なほどリアルに彼の存在を感じる。

僕の身体はこのあとのステップを激しく望んでる。もどかしさが、僕の欲望に火をつける。

「……雅樹……お願いだから……」

キスの合間に、僕の唇からかすれた声が漏れる。雅樹が、甘い眼差《まなざ》しで僕を上から見下ろして、

「お願いだから……何？」

囁くだけで、僕を溶かしてしまう。僕はもう何も解らなくなって、彼の身体にすがりつく。

「……お願いだから、もっと……」

雅樹は、僕の手を押し戻さなかった。狂おしく抱きしめ返して、耳元にため息を吹き込むせに。

「……晶也。もう君の負けだよ。もっと何をして欲しいのか……言ってごらん……」

ああ、あなたは本当にいじわるだ。僕がこうなってしまうことを、最初から知っていたくせに。

「……僕も……もっと愛し合いたいんです……雅樹……」

月明かりの部屋に響く、愛し合う二人の吐息と衣擦《きぬず》れの音が、次第に速く、激しくなっていく。


二人くらい楽に入れそうな大理石のバスタブは、お風呂というよりジャグジーのイメージ。外国製らしいデコラティブなデザインの銀色の蛇口から、勢いよくお湯がほとばしっている。

ガラスのドアが開く音に振り向くと、まだ腰くらいまでしかないお湯の中に浸《つ》かっている僕をバスローブ姿の雅樹が、立ったまま見下ろしている。そして、怒ったような声で、

「フルコースの途中で逃げたね」

暗闇の中ならともかく、こんな明るい所にさらせるほど身体に自信はない。しかも彼の視

線を感じるだけで、身体がさっきまでのことを思い出しそうだ。僕は、バスタブのふちにしがみつく。

「だ、だって……」

「なんでもごちそうすると言っただろう？」

雅樹が横目でにらむ。このままでは、ごちそうにされてしまう。僕は精いっぱいの強い口調で、

「僕のかわりに、生牡蠣を食べたくせに！」

「あれだけでは、アンティパストにも満たないよ」

あっさりと言ってくれた雅樹が、自分のバスローブの前の結び目をゆっくりとほどくと、

「まあ、いい。一緒に入浴することを、許可してもらえるね？」

「ま、待ってください。それは許可できません」

慌てて言った僕を、雅樹があきれた顔で上から睨んで、

「負けたら、何でも言うことを聞くと言ったのに。どうしてダメなのか、言ってごらん」

なんと言っていいのか、僕は困り果てる。何だか罪悪感に似たものに取りつかれてしまって、彼とベッドにいても気が散ってしまう。恥ずかしくて仕方がない。僕は蚊《か》のなくような声で、

「だって、あなたに裸を見られるのは……恥ずかしいんです」

こんなことを思ったのは、初めてだ。たとえば悠太郎とだったら、一緒に温泉に入ろうが、トランクス一枚で歩こうが、なんてことはない。だけど、相手が雅樹だと話は違ってしまう。

彼の視線だけで赤面してしまう僕の髪を、雅樹がくしゃっと撫でて、

「わかった。じゃ、それを取って」

雅樹は、彼から浴槽《よくそう》を隔《へだ》てた反対側、ロールスクリーンが閉められている窓際の方を指差す。

揃いのラベルの張られた、ガラスの壜《びん》が二本並べられている。彼の愛用のシャンプーと液状のボディソープ。彼が指差したのはソープの方だ。彼はいきなり、お湯がほとばしっている蛇口の上でそれを逆さまにして、五センチくらいあった中身を全部あけてしまう。

「うわー、もったいない。でも、本当はいっぺんやってみたかったんですよね」

あっと言う間に、お湯の表面が豊かな泡で覆われる。喜んでいる僕を見て、雅樹が笑っている。

空の壜を持って、バスルームのドアを開けた彼に、

「その、空になった壜を、僕にもらえませんか？」

「もちろん、いいけれど」

雅樹は、洗面スペースの足元の棚から、新しいボディソープの壜をとりだして、

「在庫はたくさんある。気に入ったなら、新しい物を持っていっていいよ」

僕は両手をのばして、新しい壜と空の壜を二本とも受け取ると、

「僕の部屋の狭いお風呂で使っちゃ、もったいないです。こっちが今から使う分。空のほうが僕のです」

雅樹は笑って浴室から出ると、ドアを閉めて行ってしまう。あれ？　ちょっと拍子抜け。

僕は新しいほうを窓際の壜と並べて、空の方の壜を取る。そして、内側に残ったソープをきれいに洗い流す。

実は、前から、空になったらもらえないかと思って、目をつけていたんだよね。

その壜は上質のガラスでできていて、ウイスキーのカラフェみたいな四角張った形をしている。

濃いブルーのラベルには、凝ったフォントのイタリア語が、金色で手刷《てず》りされている。光にかざすと、側面に入った繊細なカッティングがキラキラ光っている。すごく綺麗なデザインだ。

僕は洗った壜に鼻を近づける。うん、ちょっとだけ残ってる。

前から気付いてた。彼のシャンプーも、ボディソープも、アフターシェーブ・ローションも、とにかく思い付く限りの香りのする物は、同じラベルの同じ壜に入っている。

そして、それは彼のコロンと同じ香りに統一されている。

それとも彼は、コロンなんてものは、使っていないのかもしれない。だって、抱きつかな

いと解らないくらい、微かに香っているだけだから。

この壜を、僕のベッドサイドの棚に飾ろう。

そうしたら一人きりの夜にも、彼といる夢を見ることができるかもしれない。

僕の浸かっている泡だらけのお湯が、彼と同じ香りで僕を包み込む。

たったそれだけのことで、どうしてこんなに幸せな気分になれるんだろう。

リラックスして泡の中に半分沈みかけていた僕は、ドアの開く音にあわてて身構える。

バスローブ姿の雅樹が、水滴のついた銀のシャンパンクーラーと背の高いシャンパングラスを持っている。二つあるグラスを僕に持たせて、慣れた手つきでシャンパンの栓《せん》を開けると、囁いてくる。

「恥ずかしくなくなる、おクスリだよ」

泡立つ金色の液体を注ぐ。シャンパンのフルーティーな葡萄《ぶどう》の香りが広がる。そっと舐《な》めると、よく冷えていて、泡の舌ざわりが気持ちいい。すこし辛口。とても香りがいい。……美味しい……。

きっと雅樹の、お気に入りの銘柄《めいがら》なんだろうな。そう思うと、のどを通る時に少し熱い。

……そういえば、グラスが二つ……ということは……やっぱり……

「雅樹、あの……」

振り向くと、彼がちょうど向こうをむいたまま、バスローブを脱ぎ捨てたところだった。

慌ててそらしても、目に焼き付いてしまう。彼の引き締まったお尻《しり》、贅肉《ぜいにく》のないウエスト、大理石の像のように美しく波打つ、背中から肩の筋肉。

僕は真っ赤になって、グラスの液体をあおる。

なぜなんだ。僕だって同じ男なのに。なぜ彼の身体はこんなに美しくて、どうして僕をこんなに欲情させるんだろう。

視線をさ迷わせていた僕の目に、ふと気になるものが入ってくる。

さっきの壜。ブルーのラベル、金色の文字。それに、同じ金色の手書きで……、

「雅樹！」

僕はグラスを置くと、壜をつかんで、恥ずかしさも忘れて振り向く。

「あなたの名前が書いてあります！　ほら、『M／KUROKAWA』って！　どうして？」

シャワーで身体を流していた雅樹が、壜をつきだす僕に、目を丸くする。

「ああ……それか。ほかの客の物と間違えないようにだろう。オーダーだから」

「なるほどね、オーダーですか……オ、オーダー？」

僕は、壜をまじまじと見る。外側だけでも高そうだ。そのうえ中身は……。

「ああ……まだ五センチくらいあったのに。すみません、ありがたく洗わせていただきますから」

壜に向かって拝む僕に、雅樹が笑って、

「イタリアでは、市販のものは香料がきつい場合が多い。向こうにいる時に閉口して、専門店に行ったんだよ」

シャワーを止め、タオルでも探しているのか、ガラスの扉を開けた雅樹が、

「結局どれも気に入らなくて、自分で調香するはめになったけれど」

うそ。素人《しろうと》が作ったとは思えない。人工的な香料を感じさせずに、彼の存在だけを主張する。この自然なバランスと微妙な香り具合は、そうとういい出来なんじゃないのかな。

明るいオレンジと檸檬《レモン》、そこに大人っぽい苦みと、スパイスみたいなハードな感じが入ってる。明るいのに昼じゃない。爽やかなのにすごくセクシーだ。夜で、男で、厳しいけど、優しい……僕が思ってる、雅樹のイメージそのままの……。

「店の人と仲良くなったせいで、日本まで船便で送ってもらうはめになったんだ……電気を消すよ」

彼の声とともに突然バスルームが真っ暗になる。暗闇で水音がして、バスタブのお湯が微かに揺れる。きっと彼が入ったんだ。僕は恥ずかしさに身を縮める。

「どうして、電気を……？」

「一人で入った時、ここを開けてみたことは、ある？」

雅樹のひきしまったシルエットが立ち上がって、窓を覆うロールスクリーンを操作しているのが解る。

「いいえ。だって、開けて向かいがどこかのオフィスだったら、コワいじゃないですか」

「だと思った。だから前から、一緒に入ろうと言っていたのに」

雅樹がロールスクリーンを引き上げる。そこは天井まで続く大きな窓。その外には……、

「う、わ」

夜景は、たくさんのダイヤモンドを敷きつめた、光のじゅうたんみたい。

こうして見ると、東京の夜は本当に美しい。

空を見上げると、月に照らされて青く流れている雲の合間に、星がまたたいているのが見える。

「……すごい」

雅樹の影が、手をのばしてグラスを取る。僕にもグラスを渡して、

「君とこうやって飲んでみたかったんだ。乾杯は……何に？」

二人に、とか言わせたいんだろうけど、そうはいかない。

「もちろん、あなたの新しいお母さんに。それから、波瀾万丈《はらんばんじょう》だった一週間に」

雅樹が、おおげさにため息をついてから、僕の肩を抱き寄せて、

「それから、仲直りした二人に……だろう？」

暗闇の中、涼しい音をたてて二人のグラスが鳴る。僕は星空を眺めながら一口飲んで、

「……いいなあ。夜景もこんなに綺麗だし、隣にあなたはいるし、もう最高」

「篠原君。最後の部分を、もう一度」

僕はつい笑ってしまいながら、雅樹の肩によりかかって、

「あなたさえいれば、僕はもう最高。……黒川チーフのご意見は？」

「篠原君の意見に、まったく同感です」

雅樹の微笑みを含んだ声がして、僕の目の前の夜景がさえぎられる。唇にキスの感触。

「……ねえ、雅樹」

キスの合間にささやく。

「……ん？」

答えてくれる、湯気《ゆげ》のこもった優しい声。僕は、彼に身体をあずけたまま、

「……僕たちこんなに幸せなのに、どうしてこれは許されないことなんでしょう？」

雅樹はキスを止《や》めると、考えているように沈黙してから、すこし沈んだ声で、

「俺も、どうして許されないのか、何度も考えていた。……君とこうなる前から」

雅樹の手が、僕の肩を滑る。一緒に裸でいる、こんな関係に、と言っているみたいに。

「一年前に作品を見て、君をずっと探していた。初めて会って、その時からずっと君が欲しかった。こんなに愛しているのに、たまたま君が同性だったというだけで、どうして告白することも、この気持ちを気付かれることさえもできないんだろう。何度も、何度も、考えていたよ」

僕は星を見上げながら、思い出す。

僕は、彼が言うように、告白されるまで彼の気持ちに全然気付いていなかった。

それは単に僕がニブかったからだけじゃなくて、きっと雅樹の自制心があったからだ。

確かに、ミーティングルームで抱きしめられたりはしたけど、彼の手は慎《つつし》み深くて、少なくとも常識の域《いき》をこえてはいなかった。僕だってふざけているんだと思ったくらいだから。

会社での立場は、彼の方が上だ。その気になったら、どんなに卑怯《ひきょう》なことだってできただろう。

だけど、彼はもちろん、そんなことはしなかった。

僕だって、彼がそんなことをするような人間だったら、彼を好きになったり、ましてやこんな関係になんか、絶対にならなかったはずだ。

「ずっと、自分の気持ちを、僕に気付かれないようにしているつもりだったんですか？」

「……そうだよ。俺にできるのは、君をそばで見守ることだけだ。そう思っていた」

雅樹の静かな声。

「だから、君に無理やりにキスをして、自分の気持ちを告白してしまった時には、本当に後悔した」

「僕は、あなたとの関係を受け入れたことを、少しも後悔していません」

あのキスをした夜がなかったら、僕らは今でも、ただ顔を合わせるだけの関係だったんだ。

僕は今でも、誰かを愛するということが何なのか、解らないままだったんだ。

雅樹は、僕の頭を抱きしめて、髪に優しいキスをする。

「晶也。俺は、君に受け入れてもらうことを強く望むと同時に、強く恐れてもいた。君を苦しめることになるのは、わかっていたから」

僕の頬は、彼の滑らかな首筋に押し付けられている。

「僕は苦しんでなんかいません。……あなたに、婚約者がいると思った時以外は」

頸動脈《けいどうみゃく》のあたりを軽く噛《か》むと、雅樹はくすぐったそうな笑い声を上げて、

「ごめん、ごめん。今回のことは、最初からはっきり言わなかった、俺が悪かった」

弱点を見つけたのに気をよくした僕は、雅樹の首にさらに歯をたてて、くすぐったがらせてやる。

「あはは、やめなさい。言うことけきかないし、噛むし、君は本当に猫みたいだな」

雅樹は、お湯をバシャバシャとハネさせて僕を止めようとしてる。少年みたいな笑い声。

彼はハンサムだし、リッチだし、エリートだし、そういうところに全然魅《ひ》かれてないといえば嘘になっちゃうけど、僕が一番好きなのは、僕といる時にだけ見せる、ほかの人が知らない一面。

彼は、僕の身体を抱きしめて動きを封じてしまう。我慢できない、と囁いてくれるように何度もキス。

うん。たとえば、こんなふうに子供みたいにはしゃぐところとか。たとえば、こういうキスとか。

「……俺はね、晶也」

僕を抱いて話し出す雅樹の声が、胸から直接響いてくる。二人の速くなった動悸《どうき》が、共鳴する。

「今は、少しも後悔していない。俺達の関係が、許されないものだとも思わない」

彼の指が、僕の髪を撫でている。

「俺達は愛しあっていて、お互いを必要としている。君を幸せにするためなら、俺は何でもする。世間が何といおうと、こんなに純粋な気持ちが、間違ったものであるわけがないんだ」

雅樹の声は、自分自身に言い聞かせるように静かで、でも決然としていた。

僕の抱いていた迷いが、彼のあたたかい言葉で、ゆっくり溶けていく。

僕らはもう一緒に歩きだしてしまった。振り返っても仕方ない。前を見るしかないんだ。

「君の家族に許してもらえるかどうかが、これからの一番の問題かな」

雅樹の声に、僕は深いため息をつく。

「本当にずっと一緒にいたかったら、永遠に秘密にしておくわけにはいかないでしょうね」

そのうちに家族も、僕の結婚のことを考え始めるだろう。そうしたらもうごまかせない。

「僕も、いつか家族に告白します。だけど、それまでに僕がフラれるかもしれないな。なんたって僕は、まだ一ヶ月分しかあなたのことを知らないんですよね」

シャンパンクーラーの氷が鳴って、雅樹が、僕のグラスにシャンパンを注ぎ足す。

「またそういうことを言う。それなら今夜は、何年分でも俺のことを教えてあげるよ」

僕はお酒には強いほうだけど、今夜は少し酔ったみたいだ。彼の声に、頬が熱くなる。

「……朝までずっと、お風呂でお話をしているつもりですか？」

「朝まで、ずっと、お風呂で、でもいいけれど、話はしない方法がいいな」

雅樹が、自分のシャンパンを一気にあおる。僕の耳に口を近づけて、

「君も飲み干して。これからすることが、恥ずかしくなくなるように」

僕は赤面しながら飲み干す。恥ずかしくなんかない。だってこんなに彼を好きなんだから。

空になった僕のグラスを雅樹がそっと取り上げて、夜景を映す窓際に置く。

両腕が、お湯の中で僕を抱きしめる。暗闇の中、彼の唇が僕の唇を探し、そして見つけ出す。

シャンパンの香りのキスを貪《むさぼ》りながら、彼の手が、泡で滑る僕の身体のラインをたどっていく。

僕は、背骨をかけ抜ける鮮烈な感覚に身をよじる。雅樹が、逃れようとする僕を追う。

僕らは、泡立つ海の中のイルカになったみたいに、滑りながらもつれあう。

二人の身体の間の温かいお湯が、泡立ち、そして熱くなっていく。雅樹のかすれた声が、

「……君を食べたい。我慢できない……」

その声だけで、さっきの余韻が身体の奥に火を点《つ》ける。僕は、彼の耳にため息で囁く。

「……さっき、あんなに食べたくせに……」

僕の身体が、水揚《みずあ》げされる魚みたいに、泡の中からふいに抱き上げられてしまう。

「あれは、ただの前菜《アンティパスト》。……メインはこれからだ」

「……まだだよ。この間教えたことを、もう忘れた？」

耳元で彼が囁く。それだけで僕は、もう何度目かの波にさらわれそうになる。

「……んんっ……そんな……」

僕はシーツをつかんで、何とか耐えようとする。だめだ。あと一秒でどうにかなりそう。

「……一つになったら、イクときはずっと一緒だ。わかってる？」

「……無理です……雅樹……あっ、あぁ…んっ……」

月明かりに照らされた部屋に、自分のものとは思えないほど甘い喘《あえ》ぎがひろがっていく。

僕は、まるで波打ち際に打ち上げられた魚みたいに、ベッドの砂浜に横たえられている。

空腹の獣みたいにのしかかった雅樹が、僕の中に鋭い彼の牙《きば》を打ち込んでいる。深く、と

つく。

完璧主義の彼は、角度も深さも計算しつくしている。そして僕の弱点を、容赦なく攻めてくる。

「あぁっ……もうっ！」

「まだだよ。そろそろ本日のデザートだ。もう少し、君と一つでいたい」

「ひどい……こんなことしながら……そんな……あぁっ！」

僕は、雅樹を置き去りにしたまま、上りつめてしまいそうになる。

「篠原君！」

「は、はいっ！」

会社にいる時の口調の彼の声に、僕は今の状態も忘れて返事をしてしまう。

雅樹は、人の気も知らずに面白そうに笑って、

「オーケー。これは使える。あともう少し一つでいよう、晶也」

ああ。こんなにイジワルなことを言う。

でも、あなたの低い声が、心臓が痛くなるほど、愛しい。

なんで、僕はこんなに、あなたのことを好きになっちゃったんだろう。

酸素を求めてすすり込んだ空気に、彼の香りが溶け込んでいる。

彼の肌に温められたそれは、香料だけのときよりも、僕にとってはずっと甘い。

きっと僕は、彼の作った香りだけが、好きなわけじゃない。

彼の香りに包まれていられる、この時間が好きなんだ。

「……雅樹……」

囁く僕の声は、すっかりかすれてしまっている。

「……あなたは、身の回りの物、なにもかもにこだわってる。あらゆるもの、石鹸《せっけん》にいたるまで。なのにどうして、恋人に僕なんか選んじゃったんですか……？」

雅樹は、目を丸くしている。僕は手をのばして、彼の手触りのいい頬に触れる。

「もうちょっと、こだわってさがせば良かったのに。なんだか僕、あなたの身の回りの物の中で一番ランクが低そう。どうせ、オーダーでもないし！」

いつもやられてるお返しに、頬をぎゅっとつねってやる。

雅樹はおおげさに痛そうにしてから、笑いながら僕を覗きこんで、

「……いじめたら、すねてしまった。君は本当に猫みたいだ。ほら。可愛いから、もっと怒りなさい」

信じられない。僕は顔の前でヒラヒラしてる指を噛んでやる。彼は面白そうに笑って、

「痛いよ。悪かった。いじめすぎたみたいだね」

指を引き抜いたあとの僕の唇に、雅樹が優しいキスをする。

「愛している、晶也。俺の、この世の中で一番のお気に入りは、君なんだよ」

甘いささやきに降参しそうになるけど、まだ許してやらない。僕は怒ってるふりで、横を向いてやる。

「まいったな。どう言ったら機嫌を直してくれる？　君といると、俺は本当に情けない男になってしまう。もう格好などに構っていられない。きっとこれが、本気の恋というヤツなんだね」

苦笑いをした雅樹は、何だか困ったような顔で僕の頬に触れると、

「恋人は、妥協して選ぶものじゃない。誰にも本気になれなくても、仕方ないと思っていたのに」

そっと、確かめるようなキス。

「なのに君が現れて、俺は本気で恋に落ちた。でも、どう考えても君は手に入りそうになかった。もしも恋人のオーダーができるものなら、真っ先に君をオーダーしていたよ」

「……本当ですか？」

僕は、彼の首に手をまわして、

「ご注文をどうぞ。どういう恋人をオーダーなさいます？」

「そうだな……性格は……」

彼は、笑いながら少し考える。もしかして、イジメたおわびに、少しはホメてくれるかな？

「楽天的で、能天気で……仕事の時だけ張り切るけれど、普段はボーッとしているのがいいな」

……信じられない。全然ホメてないよ。

ムッとした僕を見て、雅樹が可笑《おか》しげに笑う。

「美しいものが好きで、美しいものを愛してくれる人が好きで、俺がどこかに忘れてきた大切な感情を思い出させてくれる」

僕だって、あなたといることで、大切なものを知ることができたんだ。

「ほかに僕が好きなのは、魔法みたいに美しいものを作り出す人。たとえばあなたとか」

降参して告白すると、彼は優しい目で僕を見下ろして、

「外見の注意点……髪は絹糸のように柔らかく。……寝坊した朝には、たまに寝癖《わぐせ》がついているよ」

うそ。見られてた。アセる僕に笑って、確かめるように撫でながら、髪にキス。

「長いまつげ。目は上質の琥珀《こはく》だ。見つめられると、つい甘やかしてしまう」

閉じたまぶたの、まつげにキス。右、それから左にも。

「滑らかな象牙《ぞうげ》の頬。つんと上を向いた鼻は、プライドが高そうに見えるラインで」

頬と、鼻の頭にキス。

「真珠《しんじゅ》の歯と珊瑚《さんご》の唇。こんなに美しいのに、怒ると暴言を吐く。もっと怒ると噛む」

「暴言と噛む機能には、自信が……あ…ん……」

僕の暴言をさえぎって、唇に長めのキス。

「綺麗な形の耳。それから首筋のラインには、こだわって欲しい。いい出来だ。完璧かな」

「……あぁ…ん…」

囁きながら首筋をキスでたどられて、甘い声がもれてしまう。

「手脚はしなやかに、興奮すると色白の足先が紅潮する。今も少し発情しているね？」

「……アッ……！」

持ち上げられた足首に激しいキスをするように歯を立てられて、全身に震えが走る。

「最後に身体は……」

「アッ！」

彼のとどめの牙を身体の奥深くまで打ち込まれ、どうしていいのか解らないほど感じてしまう。

「……うんと感じやすいこと。ほら……こんなふうに……」

ああ……きっと彼も僕に感じてる。それを証明するように、彼の動きが激しくなっていく。

「……アッ、アッ、だめ、アアンッ…ま…さき……！」

嵐の中の船みたいに揺れるベッドの上で、僕はのけぞり、もがき、彼の背中に爪をたてる。

「………ほんとうに！　……もう……だめ！　……お願い……！」

「……いいよ……一緒にイこう……」

彼の欲望にかすれた声を耳にした途端、我慢していたものがぷっつりと切れてしまう。

「……あぁ……雅樹……！」

耐えた分、何倍にも激しくなった波に巻き込まれ、溺《おぼ》れるものの必死さで、彼の身体にすがりつく。

気も遠くなりそうな甘い痙攣《けいれん》が、僕を貫き、全身を走り抜ける。

微かに息を飲む音とともに強く抱きしめられ、僕らは抱き合ったまま一気に高みに駆けのぼる。

「……オーダーをした……僕の……仕上がりは……？」

ぐったりと弛緩《しかん》してベッドに沈み込みながら、息も絶え絶えで囁く。

雅樹は優しく笑うと、僕の髪に顔をうずめて、

「最高……予想以上だ」

「……人はどうしてダイヤモンドなんかで、愛を証明するんでしょうね？」

僕は、階段を下りるどころか、ベッドから立ち上がることすらできなかった。

ベッドのヘッドボードに寄りかかった僕に、雅樹がホットレモネードのグラスを渡して、

「答えは簡単だよ。知りたい？」

「どうしてですか？」

僕が身をのりだすと、雅樹は面白そうな顔をして、

「ダイヤモンドの総元締めの、De《デ》 Beers《ビアス》が、そう宣伝したから」

「信じらんない。あなたには、ロマンてものがないのかなあ？」

雅樹が、自分のグラスのライムペリエを飲みながら笑ってる。僕は少し考えてから、

「でも、考えてみれば元は炭素なんですね。いくら綺麗とはいえ、鉛筆の芯《しん》と同じじゃないですか。愛のためとはいえ、高いお金を払うのはもったいないような気もするなあ」

「ロマンがないのは君のほうだ。まあ、世の中の男のほとんどは、君と同じ意見だと思うけれど。だが、俺はそうは思わないな」

「……あなたのご意見は？」

「上質のダイヤと鑑定できるものを人工的に作ることは、今のところ不可能だ。……目を閉じて」

雅樹のあたたかい指が、そっと僕のまぶたに触れる。

「最高に美しいダイヤモンドをイメージしてごらん」

僕は、しのぶさんのダイヤモンドを思い浮かべる。ガヴァエッツリの大きなシャンデリアの光の中で、あのダイヤモンドは、天から彼女の元に落ちてきた、約束の流れ星みたいに輝い

ていた。

「それを作り出すことができるのは、地球と、何億年という時間だけだ。逆に考えれば炭になるようなものが、あれだけの硬度と透明度を持って生まれてきたこと自体が、不思議なことだよ。しかもランクの高い石になるほど、本当に想像もつかないほどの偶然がかさなって原石が生まれ、偶然に発見され、細心の注意を払って完璧にカッティングを施され……」

目を閉じたままの僕の頬を、雅樹の大きな手がつつみこむ。

「……こんなに美しい姿になる。だから、ダイヤモンドは人間にとって奇跡の象徴なんだ」

僕の指からグラスが取り上げられる。唇のラインを、彼の滑らかな親指がたどっていく。

「……こんなにたくさんの人間の中から、自分の運命の人にめぐり逢《あ》えた。しかも愛しあうことができた。これは、本当にたくさんの偶然が重《かさ》なったから。それも、一つの奇跡みたいなものだ」

そっと目を開けると、雅樹がすぐそばで見つめてる。美しい顔。少し切なげな表情。

「二人に起こった奇跡。ずっと忘れないように、人はダイヤモンドで愛を証明するんだよ」

「意外。あなたって、けっこうロマンチックなことを考えているんですね」

僕が目を丸くすると、雅樹は少し照れたように笑って、

「今、君とこうしていることが、俺にとってはまさに奇跡みたいなものなんだ」

雅樹が、真剣な顔で僕を見つめて、

「いくつも奇跡が起きて、俺たちは愛しあっている。これからもたくさんの困難があるかもしれない。でも、二人なら大丈夫だ。信じよう。奇跡を起こしたお互いのことを」

僕は目を閉じて、彼の唇に誓いのキスを一つ。

「僕は、あなたを信じます。あなたは？　……って、ちょっと待ってください！　何やってるんですか？」

雅樹はベッドサイドのZライトを引き寄せると、いきなり僕のパジャマのボタンをはずしてる。

「だめだ。やっぱり気になる。明るいところで、確かめさせてくれ」

フルコースはデザートまで終わったのに、まだ不足？　抵抗する僕に、雅樹が真面目な顔で言う。

「俺が、午前中だけ出勤した日があったろう？　君がしのぶさんと会っていた日だ」

「あ、そういえば、あの日、悠太郎と何があったんですか？」

「急いでいるというのに悠太郎もアントニオも遅刻してきた。さっさと仕事のメドをつけたかったから、二人をミーティングルームにカンヅメにしてやった。おかげで仕事は無事終了したが」

うわ。なんてヒドいことを。ごめん、悠太郎。僕が目覚ましを止めちゃったせいで……。

「こんな目にあったのも君のせいだと言って、悠太郎が君に関する情報をくれたんだが……」

そういえば帰り際に、悠太郎が、いじめられないように祈ってやるとか言ってた……。

「俺が君の部屋に踏み込んだ晩、君と悠太郎は、実は最後まで終わっていた。その証拠に君の胸には悠太郎のキスマークが残っているはずだ、と言っていたんだが。……本当か？」

「嘘です。悠太郎は、僕らがうまくいってると思うと、面白がってそういうことを……あ！」

彼の手が僕をつかまえて、すばやくボタンをはずし、僕のパジャマの前をはだけてしまう。

「そうだな。まさかそんなものは……あるよ……」

呆然とつぶやく彼の声に驚いて、見れば、確かにある。そういえば、悠太郎はこの辺にキスを……。

「あ……そういえばあの時……」

「……うそだろう……？」

地の底から響いてくるような声に、思わず笑ってしまう。

「もし悠太郎だったとしても、あの時僕らはフザケていただけ。……信じましょう、奇跡を起こしたお互いのことを。僕はあなたを信じます。あなたは僕を信じてくれますか？」

僕を見返した雅樹が、ふと照れたように笑って、

「わかっているよ。でも、君を宝石箱にしまっておけたら、どんなにいいだろう」

彼の言い方が妙に可愛くて、つい吹き出してしまいながら、

「僕は宝石箱には入りませんよ。どうします？　ベッドに鎖で縛《しば》ります？」

雅樹は、思い出すように視線を上に向けて、

「君は、放しておくと何をするかわからない。一回りも大きい男に立ち向かって行ってトイレにつれこまれるわ、悠太郎とジャレ合って俺の心臓を止めそうになるわ……鎖で縛るのもいいな」

うわ。変なシュミには付き合えないよ。雅樹は、逃げようとする僕を笑いながら捕まえて、

「うそだよ、篠原君。君を縛るのに、鎖は必要ない」

雅樹のハンサムな顔が近づいて、僕をそれだけでうっとりさせてしまうようなキスをする。

「こうやって、うんと大切にして、うんと優しくして、それからこうやって……」

パジャマの下に忍び込んできた手に、僕は思わず息を飲む。雅樹が笑いながら覗きこんで、

「うんと感じさせてあげる。これでもう君は、俺だけのものだ……この作戦についての意見は？」

「そうですね、どうやらあなたの作戦は……」

僕は、彼の唇にうんと甘いキスを返す。これで彼も、僕だけのものになってくれるかな？

「……大成功みたいですよ、黒川チーフ！」

金曜日の夜に

MASAKI

「あきや！　ストレス解消に飲みに行こうぜ！　せっかくの金曜日の夜だし！」

終業直前。悠太郎が晶也のデスクに近寄って声をかける。晶也は少し困った顔で、

「ごめん、悠太郎。今夜は残業しようと思ってるんだ」

「ここのところ、金曜の夜には残業ばっかりしてない？」

その言葉に、晶也はギクリと肩を震わせる。

「ちょっと進めておきたい仕事があって」

「晶也の次の〆切って……たしか再来週だよね？」

「え？　あ、うん」

「金曜の夜まで残業してたら、一週間頑張ってるのに身体がもたないよ？」

「いや、身体は大丈夫だけど……」

「嘘つけ。たまによろけてるの見るぞ。特に週明け。金曜日に残業するから疲れが取れないんじゃない？」

「いや……ええと……そんなことはないと思うんだけど……」

晶也が顔を上げ、チラリと俺に視線をよこす。彼の頬が恥ずかしげに染まっているのに気

づき、俺の胸がズキリと甘く痛む。

……晶也が疲れているとしたら、それは俺のせいだ。

思いながら見返すと、晶也はさらに頬を染めてふと目をそらす。

〆切でもないのに晶也だけが残業をするのには、理由がある。彼は、金曜夜のチーフ会議で遅くなる俺のことを、仕事をしながら待っていてくれているのだ。

俺という恋人はできたけれど、友情に篤い晶也は悠太郎たちとの交友も大切にしている。ほかのメンバーときちんとコミュニケーションを取ることで仕事が円滑になる……意外にしっかりしている晶也にそう言われると、そうそうしょっちゅう誘うこともできない。だからここのところ、誘うのは週の半ばの水曜日、そして金曜日の夜。水曜日の夜は次の日に支障が出ないように抱く時はやりすぎないように必死で加減をする。そして本当に思い切り抱き合い、愛し合えるのは金曜日の夜から週末にかけてになる。

……本当なら、毎晩さらって逃げたいところを我慢している。だが、もしも疲れさせてしまっているのなら、少し加減しなくてはいけないかもしれない。

スーツを剝ぎ取り、生まれたままの姿になった晶也の美しさ、そして目が眩みそうな彼の色っぽさがふいに脳裏をよぎり、俺は思わず眩暈を覚える。

……一度彼の色っぽい姿を見てしまったら最後、本当に加減できるかどうかは、あまり自信がないのだが。

「会議が始まる。行くぞ、マサキ」

アントニオが、会議用のファイルを持って立ち上がる。そして、晶也に話しかけている悠太郎に向かって言う。

「せっかくの金曜の夜だ。暇なら私が相手をするよ。イザカヤデートはどうかな？」

「結構です！　オレは晶也のことが心配でそれどころじゃなくて……！」

「心配しなくても、アキヤはデートまでの時間をつぶしているだけじゃないのか？」

可笑しそうな声で言う。晶也は真っ赤になり、悠太郎は驚いた顔をして俺を振り返る。

「デート？　もしかして黒川チーフと？」

悠太郎の言葉に、デザイナー室の面々が笑う。

「なんてそこで黒川チーフの名前が出るんすか？」

柳が言い、野川と長谷が口々に、

「悠太郎ってば本当に過保護なんだから！」

「ホント。まあ、黒川チーフとあきやくんのデートなんて想像するとドキドキだけど」

「森くん」

俺はファイルを持ち上げながら、悠太郎の顔を見つめてやる。

「会議が終わってまだ篠原くんがいるようなら、俺がきちんと車で送る。心配しなくても大丈夫だよ」

悠太郎は何か言いたげな顔で俺を見つめ返し、いきなりデスクの上に突っ伏した。

「くっそ〜！　オレも早く格好いいオトナの男になりたい！　コンバーチブルの外車で通勤して、あきやを家まで送りたいっ！」

手のひらでデスクを叩きながら、悔しそうに叫ぶ。アントニオが通り抜けざまに、悠太郎の髪をくしゃりと撫でる。

「格好いいオトナの私が、黒塗りのリムジンで君を家まで送ってあげよう。だからそんなに悔しがるな」

「誰かに送ってもらうんじゃ、意味がないんだってば！」

顔を上げた悠太郎が、怒った顔でアントニオの手を払いのけて叫ぶ。

「オレが、オトナになりたいんだってば！」

「そのままでじゅうぶん可愛いと思うけれどね。……ああ、もう会議が始まるぞ、マサキ」

「わかりました」

俺は答え、晶也の方に視線をやる。晶也は「今夜も待っていますから」という顔でふわりと微笑んでくれる。

……できることなら、今すぐにでもさらい、そのまま抱いてしまいたい。

俺は思い……しかし、悠太郎が言っていたことを思い出して少し反省する。

……俺は、自分の欲望に任せて、晶也に無理をさせているかもしれない。

金曜の夜にベッドにさらい、土曜は一日中、日曜の昼間も甘く愛し合う。日曜の夜にはさすがに自重するが……それまでの時間、俺たちはベッドからほとんど出ない。

……男同士のセックスでは、受ける側の身体の負担はきっととても大きいに違いない。今夜は、抱くのは我慢したほうがいいかもしれないな。

そして会議室に向かって歩きながら、深い深いため息をつく。

……こんなに美しく、色っぽい晶也を目の前にして我慢をするなんて、とんでもない苦行の一夜になりそうだが。

ＡＫＩＹＡ

……雅樹が、なんだかよそよそしい。

僕は、雅樹の端麗な横顔を見つめながら、少し寂しい気分になる。

……せっかくの金曜日の夜なのに。

会議が終わるまで待っていた僕を、雅樹は約束どおり車で送ってくれた。もちろん荻窪にある僕のアパートにじゃなくて、天王洲にある雅樹の部屋へ。途中で雅樹オススメのスペイン・バールに寄って、イベリコ豚の生ハムや、とても美味しいパエリアを楽しんだ。そこまではいつもどおりのロマンティックで楽しい金曜日の夜だった。いや、僕がそう思っていただけかもしれないけど……。

……僕、何か失礼なことをしちゃったのかな？

雅樹が注いでくれたシャンパンのグラスを持ち上げながら、僕は彼の方をうかがう。黙ってグラスを傾けている彼は、僕の方を見ようとせずに視線を窓の外に向けている。

……どうして、こっちを見てくれないんだろう？

部屋に着いたらすぐに、雅樹は「先にシャワーを浴びていいよ」と言ってくれた。シャワーを浴びてバスローブ姿でリビングに入ると、彼は僕を一瞥もしないで交替でバスルームに向かってしまった。

シャワーを済ませた後も、彼は僕から目をそらすようにしてシャンパンの用意をした。そして信じられないことにソファの角を挟んだ向こう側、膝が触れ合わない位置に座った。まるで、二人の気持ちがまだ通じ合う前、初めてこの部屋を訪れた時みたいに。

……金曜の夜ごとに待っていたりして、本当は迷惑だったんだろうか？

彼は世界的に有名なジュエリーデザイナーで、とんでもないお金持ちで、さらにモデルみたいなすごいハンサム。それに比べて僕は、才能も、容姿も、なにもかもが本当に平凡な、ただの駆け出し社会人。

……やっぱり、つり合わなかったんだろうか？

彼がいつも飲んでいる、選び抜かれた銘柄のシャンパン。いつもはうっとりするほど美味しいそれが、今は水みたいに味気ない。

……僕は、彼の隣にいるべきじゃないんだろうか？

そう思ったら、心が壊れてしまいそうなほどつらくなる。

……雅樹はもう、僕になんか飽きてしまったんだろうか？

目の奥が強く痛んで、なんだか今すぐにでも泣いてしまいそうだ。

……ああ、僕はバカだ。もう立派な大人で、一人の社会人なのに、彼のことになるとこんなふうに……。

僕は必死で涙をこらえながら、グラスをローテーブルに置く。

「あの……僕、今夜は帰りますね」

雅樹がとても驚いた顔で、僕の方を見る。

「どうして急に？」

……お風呂にまで入ってからこんなことを言うなんて、かなり不自然だ。でも、もしも彼に疎ましく思われているのなら、僕は……。

「……ええと……ちょっと急用を思い出して……」

雅樹は黙ったまま、何かを考えるような顔で僕を真っ直ぐに見つめる。彼の眉がふいにとてもつらそうにひそめられたのを見て、僕は少し驚く。

「俺に抱かれるのが、つらいんだね？　悪かった。思いやってあげられなくて」

彼の唇から出た苦しげな声に、僕は驚いてしまう。

「……え？」

「抱くことが君の身体の負担になるのは本当はわかっていた。だが、君の色っぽい姿を見るとどうしても歯止めが利かなくなった。俺はひどい男だ。今も……」

彼は言葉を切り、手のひらで顔を覆って震えるため息をつく。あまりにも予想と違う答えに、僕は驚いてしまいながら、

「……ええと、もう、僕に飽きてしまったんじゃないんですか……？」

雅樹が、ハンサムな顔に似合わない呆然とした表情で僕を見つめる。

「どうしてそんなことを？」

「あの……なんだか今夜はちょっとだけ、あなたがよそよそしい気がして」

「よそよそしい？　俺が？」

「いえ、あなたはいつも本当に優しいし、僕を気遣ってくれています。だから……あの……すごくくだらないことを気にしているのはわかってるんですが……」

僕が不器用に言葉を口にするのを、彼は真剣な顔で待ってくれている。

「どうして今夜は……隣に座らなかったんですか？」

「え？」

「甘い時間を過ごす前、あなたはいつも僕の隣に座ります。身体が触れそうなほど近くに。それに今夜は僕から目をそらしたままです。だからもう僕に飽きたんじゃないかと……」

「まさか」

雅樹は言い、それから深いため息をつく。

「君の身体に負担をかけているのではないかと思った。だから今夜くらいは我慢したほうがいいのではないかと。だが……」

彼は、その黒曜石のような漆黒の瞳で僕を真っ直ぐに見つめてくれる。

「色っぽいバスローブ姿の君を見ただけで、すぐにでも押し倒してしまいそうになった。君の隣に座り、その体温を感じたら、とても我慢ができないと思った」

「だから隣に座らなかったんですか？　僕に飽きたわけじゃなくて!?」

「当然だろう。こんなに愛しているのに」

彼の手が伸びて、僕の頬をそっと包み込む。凍りつきそうだった僕の心に、幸せな気持ちがふわりと広がってくる。

「……あの……あなたはいつも、とても優しく抱いてくれます。つらかったことなんて一度もありません。だから、身体の負担とかは心配してくださらなくて大丈夫です」

「本当に？　でもよろけていることがあると、悠太郎が言っていた」

「たしかにヨロヨロしていることはあります。あと、ポーッとしていることも。でもそれはつらいからじゃなくて……」

彼の手が触れている頬が、ジワリと熱くなるのを感じながら、僕は正直に言う。

「あなたにたくさん抱かれて、幸せだからです」

僕の言葉に、雅樹は驚いたように目を見開く。

「あの、正直に言えば……僕は、すごくいやらしいのかもしれません」

……ああ……こうして間近に見つめ合うだけで、鼓動がどんどん速くなってくる。

「だって……あなたのそばにいるだけで、こんなに発情してしまいます」

バスローブの下の自分の身体が、ジワリと熱くなっているのを感じる。とても恥ずかしい。

でも……僕は思い切って本当の気持ちを囁く。

「あなたに抱かれたい。今すぐに、めちゃくちゃにされてしまいたいです」

彼の漆黒の瞳の奥に、オレンジ色の欲望の炎が燃え上がる。一瞬後、僕はソファの上に押し倒されていた。

「……あ、雅樹……んん……」

彼の唇が、僕の唇を深いキスでふさいだ。重なった二人の身体、バスローブ越しの体温に、屹立が硬く勃ち上がる。

「我慢できない。今すぐに抱く。……いい？」

彼の手が、バスローブの裾から滑り込んでくる。

「……ああ……っ」

腿を撫で上げられ、下着を乱暴にひき下ろされて、僕の唇から甘い喘ぎが漏れる。今夜の彼は、いつもよりもさらに獰猛な気がする。

「……今すぐに抱いて……」

僕の唇から、かすれた囁きが漏れた。

「ああ……なんてイケナイ子だ、晶也」

雅樹の唇が、僕の耳に囁きを吹き込む。

「今夜はゆっくり寝かせてあげようと思って、気力を振り絞って我慢をしていたのに」

「……我慢なんてしないで……」

彼の大きな手のひらが、僕の屹立をしっかりと握り込む。ヌルリと撫で上げられて、自分がもうたくさんの蜜を垂らしてしまっていたことに気づく。

「……僕はいつでも、あなたに抱かれたくてたまらないんですから……」

「ああ……愛している、晶也……」

彼の囁きと、巧みな愛撫に、僕はもう何も考えられなくなってしまう。

「……愛しています、雅樹……んん……っ！」

僕らは愛していると囁き合い、数え切れないほどの深いキスをし……そして今夜も、何もかも忘れてお互いに溺れてしまうんだ。

ああ……僕の恋人は、ハンサムで、獰猛で、そしてこんなにもセクシーなんだ。

あとがき

こんにちは、水上ルイです。この『彼とダイヤモンド』は、一九九六年の十月にリーフ出版さんより発刊された水上ルイの二冊目の本。ジュエリーデザイナーをしながら書き上げたデビュー作『恋するジュエリーデザイナー』の続編です。これを書いたのはデビューが決まった直後。黒川と晶也が頭の中で勝手に動いてしまい、気づいたら一冊分の原稿ができ上がっていました。書けただけで満足だったのでそのままクローゼットにしまいこもうと思っていたのですが、つい気の迷いでこの原稿も編集さんに見せてしまい……結局、『恋する～』と、この『彼と～』はデビュー作から連続刊行、そのままシリーズ化が決定しました。書店でいきなりわが子が二冊並んでいるのを見てあまりの幸せに呆然としたのを覚えています。本当にラッキーなデビューでした。当時の担当さん、そして関係者の皆様に再び感謝を。

そして今回、ルチル文庫さんより復刊、続投が決定しました。彼らのお話をまた続けられることが本当に嬉しいです。第一部は吹山りこ先生、第二部からは円陣闇丸先生にイラストをお願いしています。大変お世話になった幻冬舎コミックスの皆様、担当・O本様、この本のために素敵なイラストを書き下ろしてくださった吹山りこ先生、そしてたくさんのリクエストをくださった読者の皆様にたくさんの感謝を。本当にありがとうございました！

✦初出　彼とダイヤモンド……………… リーフノベルズ「彼とダイヤモンド」
(1996年10月刊)
金曜日の夜に…………………… 書き下ろし

水上ルイ先生、吹山りこ先生へのお便り、本作品に関するご意見、ご感想などは
〒151-0051 東京都渋谷区千駄ヶ谷4-9-7
幻冬舎コミックス　ルチル文庫「彼とダイヤモンド」係まで。

幻冬舎ルチル文庫
彼とダイヤモンド

2008年8月20日　第1刷発行

✦著者　水上ルイ　みなかみ るい

✦発行人　伊藤嘉彦

✦発行元　株式会社 幻冬舎コミックス
〒151-0051 東京都渋谷区千駄ヶ谷4-9-7
電話 03(5411)6432[編集]

✦発売元　株式会社 幻冬舎
〒151-0051 東京都渋谷区千駄ヶ谷4-9-7
電話 03(5411)6222[営業]
振替 00120-8-767643

✦印刷・製本所　中央精版印刷株式会社

✦検印廃止

ISBN978-4-344-81407-3　C0193　Printed in Japan